共和国故事

太空环游

——中国成功发射返回式遥感卫星

王金锋 编写

吉林出版集团股份有限公司

图书在版编目（CIP）数据

太空环游：中国成功发射返回式遥感卫星/王金锋编. —长春：吉林出版集团股份有限公司，2009.12

（共和国故事）

ISBN 978-7-5463-1766-3

Ⅰ.①太… Ⅱ.①王… Ⅲ.①纪实文学-中国-当代 Ⅳ.①I25

中国版本图书馆 CIP 数据核字（2009）第 237776 号

太空环游——中国成功发射返回式遥感卫星

TAIKONG HUANYOU　ZHONGGUO CHENGGONG FASHE FANHUISHI YAOGAN WEIXING

编写	王金锋		
责任编辑	祖航　李娇　关锡汉		
出版发行	吉林出版集团股份有限公司		
印刷	三河市嵩川印刷有限公司		
版次	2010年1月第1版		2022年1月第11次印刷
开本	710mm×1000mm　1/16	印张 8	字数 69千
书号	ISBN 978-7-5463-1766-3	定价	29.80元
社址	吉林省长春市福祉大路5788号		
电话	0431-81629968		
电子邮箱	tuzi8818@126.com		

版权所有　翻印必究

如有印装质量问题，请寄本社退换

前　言

自1949年10月1日中华人民共和国成立至今,新中国已走过了60年的风雨历程。历史是一面镜子,我们可以从多视角、多侧面对其进行解读。然而有一点是可以肯定的,那就是,半个多世纪以来,在中国共产党的领导下,中国的政治、经济、军事、外交、文化、教育、科技、社会、民生等领域,都发生了深刻的变化,中国人民站起来了,中华民族已屹立于世界民族之林。

60年是短暂的,但这60年带给中国的却是极不平凡的。60年的神州大地经历了沧桑巨变。从开国大典到60年国庆盛典,从经济战线上的三大战役到经济总量居世界第三位,从对农业、手工业、资本主义工商业的三大改造到社会主义市场经济体制的基本确立,从宜将剩勇追穷寇到建立了强大的国防军,从废除一切不平等条约到独立自主的和平外交政策,从"双百"方针到体制改革后的文化事业欣欣向荣,从扫除文盲到实施科教兴国战略建设新型国家,从翻身解放到实现小康社会,凡此种种,中国人民在每个领域无不留下发展的足迹,写就不朽的诗篇。

60年的时间在历史的长河中可谓沧海一粟。其间究竟发生了些什么,怎样发生的,过程怎样,结果如何,却非人人都清楚知道的。对此,亲身经历者或可鲜活如昨,但对后来者来说却可能只是一个概念，对某段历史的记忆影像或不存在，或是模糊的。基于此，为了让年轻人，特别是青少年永远铭记共和国这段不朽的历史，我们推出了这套《共和国故事》。

《共和国故事》虽为故事，但却与戏说无关，我们不过是想借助通俗、富于感染力的文字记录这段历史。在丛书的谋篇布局上，我们尽量选取各个时代具有代表性或深具普遍意义的若干事件加以叙述，使其能反映共和国发展的全景和脉络。为了使题目的设置不至于因大而空，我们着眼于每一重大历史事件的缘起、过程、结局、时间、地点、人物等，抓住点滴和些许小事，力求通透。

历史是复杂的，事态的发展因素也是多方面的。由于叙述者的视角、文化构成不同，对事件的认知或有不足，但这不会影响我们对整个历史事件的判断和思考，至于它能否清晰地表达出我们编辑这套书的本意，那只能交给读者去评判了。

这套丛书可谓是一部书写红色记忆的读物，它对于了解共和国的历史、中国共产党的英明领导和中国人民的伟大实践都是不可或缺的。同时，这套丛书又是一套普及性读物，既针对重点阅读人群，也适宜在全民中推广。相信它必将在我国开展的全民阅读活动中发挥大的作用，成为装备中小学图书馆、农家书屋、社区书屋、机关及企事业单位职工图书室、连队图书室等的重点选择对象。

编　者

2010年1月

目录

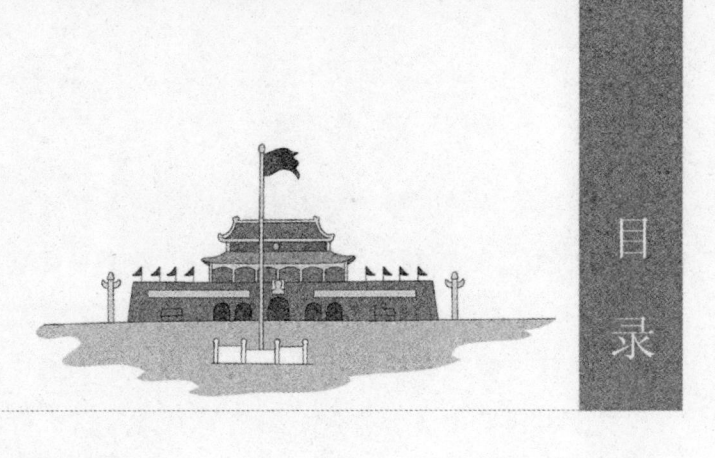

一、起步研究

论证返回式卫星方案/002

研制第一代远程火箭/009

研制首颗返回式卫星/016

研制返回式卫星相机/022

研制卫星回收系统/026

二、技术攻关

准备卫星发射和回收/035

对失控火箭紧急处置/039

精细查找事故原因/047

第二批元件返厂复查/053

发射基地进行彻底联检/059

三、发射成功

返回式卫星准确入轨/067

卫星异常有惊无险/069

迎接卫星返回地球/073

顺利回收落地卫星/077

目录

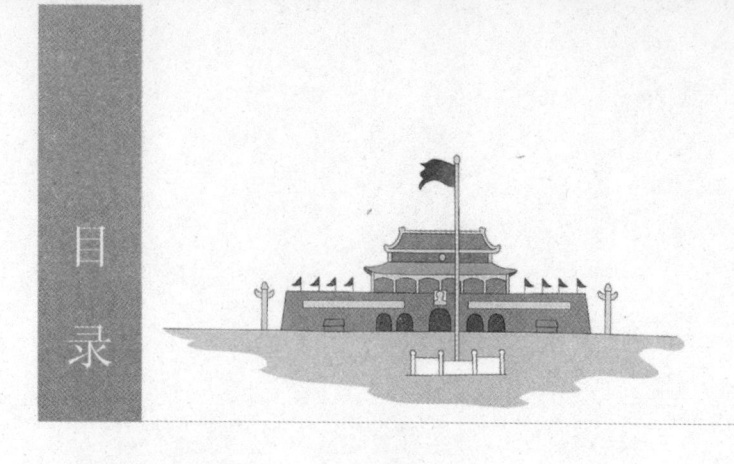

四、再创辉煌

发挥优势开创新天地/083

返回式卫星走出国门/092

回收部队跟卫星赛跑/098

创造一天收发两星的纪录/103

欢迎太空乘客归来/114

一、起步研究

- 中央第十三次专委会明确指出："我国发展人造卫星以应用卫星为主，应用卫星以返回式遥感卫星为主。"

- 科研人员说："为了把这个箭搞出来，要自己干什么都行，哪怕掉他几斤肉，也绝不让'长征-2'号的列车在自己这股道儿上晚点。"

- 叶剑英鼓励他们说："不要颓丧，要继续奋斗，再接再厉，一定要达到目的为止。"

论证返回式卫星方案

1965年4月29日，国防科委根据中国航天技术的总体规划进展，向中央专门委员会提交研制和发射我国人造卫星的情况报告。在这个报告中，国防科委将返回式遥感卫星列入航天技术的十年奋斗目标。

这一奋斗目标的提出，是为了打破世界航天大国对空间技术的垄断。

20世纪50年代末期，苏联人成功地将第一颗人造地球卫星送上太空，使人类进入一个崭新的航天时代。1958年，美国人紧随其后，也将自己研制的卫星送上了太空。此后，在美苏之间展开了一场不见硝烟的围绕空间技术的竞争。

在这样的背景下，我国提出也要发展自己的应用卫星事业。

1965年8月9日、10日，周恩来主持中央专委会第十三次会议，会议原则上批准了中国科学院提出的《关于发展我国人造卫星工作规划方案的建议》。这次会议同时明确指出：

> 我国发展人造卫星以应用卫星为主，应用卫星以返回式遥感卫星为主。

在这一决策下，中国的返回式遥感卫星获得加速发展。1966年初，七机部八院总工程师王希季受命负责进行中国第一颗返回式卫星的总体方案论证工作。这颗卫星被命名为返回式0型遥感卫星，代号"FSW-0"。

历史给了王希季一个充满挑战而又令人羡慕的机遇。

王希季是白族人，1921年生于云南省大理市。1942年毕业于西南联合大学机械工程系。1948年，他赴美国弗吉尼亚理工学院研究院留学，获得硕士学位。1950年回国后，先后在大连工学院、上海交通大学、上海科技大学任副教授、教授。1965年后，历任七机部第五研究院副院长、科技委主任、航天工业部总工程师等职。

1965年8月，王希季受命主持我国第一枚卫星运载火箭设计的总体方案论证。他经过研究，大胆提出将探空火箭和导弹技术相结合，以七机部一院正在研制的中远程液体导弹为基础，加上七机部四院尚未研制的固体发动机作动力，组成"长征-1"号火箭的总体方案，为中国的第一卫星作出了杰出贡献。

1966年1月，王希季开始主持我国第一颗返回式卫星总体方案论证工作。在他的主持下，论证工作快速有序地进行开来。

但是，返回式遥感卫星是一项比研制"东方红-1"号卫星难度大得多的工程，需要解决卫星返回和航天摄影等一系列关键技术问题。

而且当时的国际航天科技极度保密，我国又受到西方国家的封锁，根本不可能和任何国家进行技术合作，国内能看到的航天技术资料几乎没有，在这样的情况下，中国的返回式遥感卫星的研制工作十分困难。

然而，中国航天人没有被吓倒，在王希季的主持下，中国的卫星火箭专家对返回式卫星总体方案进行了一系列探讨。

发射返回式遥感卫星要解决一系列复杂的技术问题。其中主要包括：具有足够推力的运载工具，功能完备的卫星本体，以及完善可靠的航天测控网。

针对返回式卫星的运载火箭问题，专家们认为返回式卫星的结构重量远远超过"东方红－1"号。

在我国，唯有"长征－2"号运载火箭具备这种发射能力。

"长征－2"号运载火箭的起飞质量近200吨，是一个主要由总体结构、火箭发动机、控制系统和安全与供电等系统组成的多级火箭。

对于返回式遥感卫星的发射任务来说，除了要求运载火箭有足够的推力，使卫星除了达到入轨的高度和速度之外，还得有精确的制导和控制能力，以便卫星能够准确地进入太空预定轨道。这就要求运载火箭必须达到非常高的技术水平。

当时启用"长征－2"号运载火箭的最大问题是，它并不是一个技术成熟的火箭，从根本而言，还处于孕育状态。要想使用这种火箭，就必须加快火箭的研制工作。

1966年9月，七机部在北京召开返回式卫星总体方案论证会，会议确定了任务分工和研制进度，要求运载火箭于1969年9月底做好准备，在中华人民共和国成立20周年时发射上天。

返回式遥感卫星在技术上比在空间遨游而不再返回地面的卫星要复杂得多，它既要有一般卫星在空间飞行的能力，又要具有按程序接受地面控制，安全完整地返回地面预定区域的能力，而且在返回途中要能经受住严酷地再入环境的考验。

从总体结构上讲，全星分为再入舱和仪器舱两大舱段。再入舱是返回体，仪器舱在完成任务后留在轨道上。卫星主要包括10多个大系统，其中有结构、温度控制、姿态控制、程序控制、遥测、星上跟踪和返回等系统，此外，还有天线和供电系统。卫星外形为钝头圆锥体。

地面测控网是空地联系的地面系统，也是卫星发射、运行和返回整个工程的重要组成部分。没有这个庞大复杂的地面系统，送上去的卫星则会成为一个无法控制而又不能完成任何科学探测任务的人造天体。

在返回式遥感卫星的发射任务中，地面测控系统所要承担的任务是：精密测量火箭的弹道、卫星的轨道以及它们的内部参数，以确切地掌握测量对象的工作情况和仪器设备的工作质量，对火箭的主动段、卫星的入轨段和回收段实施可靠的测轨和控制，对卫星进行时间程序控制、校正注入数据，以保证卫星按预定的要求准确工作。

地面测控系统一般由外弹道测量、内部参数测量和安全遥控系统组成，并由庞大的蜘蛛网式的有线和无线通信系统联结成一个整体。

1967年3月，卫星论证工作遇到了很大困难。但是，王希季他们还是以高度的事业心和责任感积极工作。在许多兄弟单位的大力支持下，大家同舟共济，克服种种难关，终于在1967年9月提出了论证报告。

这份报告，借鉴了国外返回式卫星方案的合理成分，在比较充分的调查研究基础之上，认真地考虑了我国的技术水平，正确地处理了先进性和可行性的关系，因此在当时的我国，具有完全实现的可能性。

另外，在我国第一颗返回式卫星的设计方案中，王希季不仅注意到了当时的实际需要，而且还对之后返回卫星系列的发展高度重视。正是由于这个原因，他的第一个卫星方案作为一个卫星系列的基础，成为今后能继续发展的基本型。

后来，进入20世纪90年代，中国已经发射了3个型号的16颗返回式卫星，而王希季负责提出的这个以此为基本型逐步形成的返回式卫星方案，仍然是我国返回式卫星的基本方案。

返回式遥感卫星系列后来成为我国研制周期最短、成本最低、发射数量最多、成功率最高的卫星系列，为国家作出了重大贡献。可王希季却认为这些都是一个航天人应该做的，没什么值得炫耀的。

他谦虚地说："有人说我一次又一次地充当开路先锋，其实我并无过人的胆识，只不过是对认定该做的事情不惜承担风险罢了。"

在整个方案的论证过程中，王希季发挥了技术负责人的创造性和决断性，而且还善于吸取各方面的建设性意见。从而使自己主持制订的返回式遥感卫星总体方案与卫星遥感工程系统以及其中的与卫星同级的各系统的方案配合默契，达到了研制任务书规定的功能，具备了进一步发展的潜力。

王希季的方案不仅使卫星具有原定的对地遥感功能，即拍摄地物图像，还同时增加了摄影定位功能，即用恒星相机对天空拍照，用来事后校正地物相机拍照时刻的卫星姿态偏差。

特别是在"FSW-0"返回方案制订中，他卓有远见地决策采用大容积的返回舱，从而使该卫星的返回舱成为一种可适用于多种返回式卫星的公用舱，为后来研制返回式Ⅰ型遥感卫星和返回式Ⅱ型遥感卫星时，能集中力量去提高卫星的在轨性能和星载遥感器的水平，打下了坚实的技术基础。

技术方案完成后，王希季负责的卫星回收系统的攻关和研制工作又开始了。

从茫茫太空将卫星召回地面，准确地落在预定地点谈何容易。美国曾经一连12颗卫星的回收均告失败，到第十三颗卫星才第一次召回来，并且还是落在了海上。

这次王希季把家里平时用的剪刀、针线、碎布头一股脑儿翻出来做成小小的降落伞，像个孩子似的如痴如醉地"玩"起了降落伞，甚至趴到地板上仰头看那降落伞飘然落下。然后隔不上几天，就跑一趟大西北试验基地进行试验。

在那个特殊的年代，王希季和他的同事们为了将中国第一颗返回式卫星送入太空并使之安全返回地面，做出了艰苦卓绝的努力。

在王希季他们进行返回式卫星论证工作的同时，星上有些系统，如摄影系统、姿态控制系统等，也陆续开始方案调研。

研制第一代远程火箭

"长征-2"号运载火箭是在我国第一代远程火箭的基础上稍加改进而成的卫星运载工具,二者基本上是一回事。远程火箭诞生的过程,也就是"长征-2"号诞生的过程。

我国第一代远程火箭的研制,是由中国著名火箭技术和结构强度专家屠守锷主持。屠守锷作为技术总负责人参加了火箭研制的全过程,曾多次去发射基地参与发射试验并主持技术领导工作。

屠守锷于1917年出生于我国江南水乡浙江湖州,曾就读于西南联合大学,后赴美国麻省理工学院航空工程系留学,获硕士学位。1945年回国后,从20世纪50年代后期起,投身于我国导弹火箭与航天事业。

1965年,屠守锷开始成为我国远程火箭"长征-2"号运载火箭的总设计师,他带领科技人员突破了一系列关键技术,解决了许多技术难题。

屠守锷在总结了我国几种运载火箭研制经验的基础上,首先全面地分析了远程火箭提高战术技术及其他性能指标的必要性和现实可行性,果断地决定在制导、推进、结构材料、发射、飞行试验方案等方面采用相应的新技术。

当时采用了先进的计算机制导系统、高可靠的大型液体火箭发动机、高强度的铝合金箱体结构、精密电液伺服机构，以及摇摆发动机等技术。由于采用了这些先进技术，使得这一导弹改进而成的运载火箭在运载能力、制导精度、可靠性等方面都有了明显的提高。

虽然当时的研制工作遇到许多意想不到的困难，但是担负攻关任务的科技人员和生产工人，仍在各自的岗位上，凭着事业心默默地工作着。

到1969年底，屠守锷他们将初步满足设计要求的初样研制出来了，组成火箭的各个系统也分别做了联试，从而使他们有条件向试样研制阶段迈进了。

按照计划，在试样研制阶段需要做大量的地面试验工作，以进一步认识所采用的新技术还有什么薄弱环节和不协调的地方，有针对性地再做一些改进，以便为第一次飞行试验做准备。

1970年，我国在远程火箭的基础上，开始研制"长征-2"号运载火箭，用于发射近地轨道返回式卫星。

"长征-2"号火箭与"长征-1"号比较，其控制系统采用了优越性明显的摇摆发动机、功率较大的液压伺服机构、新研制的平台计算机，从而提高了火箭的制导精度、可靠性和运载能力。

1970年3月，当时的七机部领导要求争取在1970年国庆节前发射第一枚远程火箭，作为向国庆的献礼。屠守锷他们明知这个要求不容易办到，但为能够向国庆献礼，还是和大家商量修改了工作程序，减去了一些原打算进行的地面试验。

七机部也知道要赶在国庆节前发射远程导弹有很大困难，为了加快研制进度，七机部联合国防科委和北京市政府，组织了一个178个单位参加的705大会战。北京市11个工业局、5个区、6个院校，以及中央12个部委在京的有关单位参加了这个会战。

尽管由于种种原因，不少技术难关未能攻克，最终也未能做到向国庆献礼，但这次会战对"长征-2"号的研制还是起到了助产的作用。

为了尽快研制火箭，二级全箭试车用的火箭没有在总装车间测试合格就送往试车台，在台上补做了测试工作，并于1970年年底前试车成功了。

1971年4月，七机部成立返回式卫星工程总体协调领导小组。国防科委根据星、箭研制的实际情况，把第一颗返回式卫星发射时间改到1972年春，要求运载火箭的研制抓紧进行。

广大科技人员和工人克服重重困难，全身心投入科研工作中。他们把这颗卫星当作为国争光的"星"，把这枚火箭当作为党争光的"箭"。他们说：

为了把这个箭搞出来，要自己干什么都行，哪怕掉他几斤肉，也绝不让"长征-2"号的列车在自己这股道儿上晚点。

第一枚飞行试验用的火箭在总装后，补做了本来应该在实验室做的控制系统综合试验和各系统的匹配试验，用了100多天，到1971年6月终于达到了出厂时应达到的要求。

当火箭准备出厂时，忽然上面传来不让出厂的消息，理由是火箭在地面折腾了这么久，不如另准备一枚去做飞行试验。

屠守锷他们在生产第一线的人员一致认为，这枚火箭虽然在地面测试时间长了一些，但各系统工作协调，测得的参数也在合格范围之内，可以用来做飞行试验。

飞行试验是在更真实的环境下考验所采用的新技术能否正常工作，早暴露问题比晚暴露要好一些，所以力争出厂去发射基地。

后来，周恩来亲自听取了汇报，批准火箭出厂。1971年6月底，火箭运到了试验基地。

由于火箭采取的是串联式两级火箭的结构方案，结构尺寸又比较大，而我们研究设计人员缺少大型火箭的设计经验，心里没底，致使火箭竖立在发射台上测试时，发生较大的振动。

这个问题在实验室和总装车间里都没有出现过。

试验队的研制人员日夜奋战，在制导、推进、结构材料、发射试验技术等方面取得了重大的技术突破，排除了故障。

在后来的试验中，因为测试不顺利，时有"要不要转移到发射阵地去""要不要发射"等意见传来，所以大家情绪很低落。最后还是周恩来听取了试验队的汇报，批准发射。

1971年9月10日，火箭发射开始时起飞正常，一、二级按时分离，只是二级发动机提前关机了，以致火箭落点偏离了瞄准点。

这次试验，证明火箭的各系统基本上能协调工作，发动机提前关机是因为飞行弹道是一种特殊弹道，箭上计算机所用的软件有缺陷，提前发出了关机指令。

周恩来表示，飞行试验基本成功，不能认为是失败。这个结论给了试验队伍极大的鼓舞。

1972年4月3日，根据星、箭研制的实际进展，国防科委再次将返回式卫星的首发时间推到1973年一季度末或二季度初。人们急不可待地说："这条线可不能再突破了。"

但是，"长征-2"号的研制之路还有许多困难需要克服，火箭的运载能力是首先需要克服的难题之一。

"长征-2"号原设计运载能力只有返回式卫星结构重量的55%，所以必须增加运载能力，才可能完成发射返回式卫星的重任。

为了攻克这个堡垒，七机部、科学院领导发动群众，集智攻关。各系统先后提出近30项建议，如火箭结构减重，提高发动机性能，增加推进剂，选择合适的飞行程序等。

为了尽快克服这个难关，科研人员夜不安寝，食不甘味，终于换来了胜利果实。其中火箭结构减重，有的大项收效 300 多公斤，而有的小项却不到一公斤。大家就这样"斤斤计较"，硬是把几百公斤的运载潜力挖了出来。

1972 年 9 月 13 日，周恩来、李先念、李富春等中央领导来一院视察，参观了"长征－2"号运载火箭，要求加速结束试验进程。

但是，由于技术和其他原因，原定 1973 年返回式卫星要上天的目标还是未能实现，只好再次推迟。

科研人员的努力从来没有停止，为了进行"长征－2"号第一批飞行试验，科研人员先后准备了 6 枚火箭。在 1973 年、1974 年发射的两枚火箭都失败了。

当时主持中央专委会工作的叶剑英鼓励他们说：

> 不要颓丧，要继续奋斗，再接再厉，一定要达到目的为止。

中央领导的鼓励让屠守锷他们信心倍增。按照指示，他们开展了产品质量的整顿工作，努力使以后的飞行试验取得成功。经过广大科技人员的刻苦攻关，"长征－2"号火箭又采用了多项新技术，大大提高了技术性能和可靠性。中国的"长征－2"号火箭终于要成功面世了。

1974年2月11日，七机部召开计划会议，提出一定要完成"三星"研制任务。返回式卫星作为"三星"之一，列入当年的重要奋斗目标。

党的重托、崇高的使命、富国强兵的信念，在航天人的心中再次升腾。

经过数次改进后的"长征–2"号火箭，采用了我国当时最先进的技术，最优化的设计方案，通过了长期的方案论证、预研攻关、地面试验，还有多次靶场合练和数次试验的考验，它就要再次执行卫星发射任务了。

改进后的"长征–2"号为两级液体运载火箭，箭长32米，最大直径3.35米，起飞质量190吨，总推力2786千牛，其近地椭圆轨道的运载能力为1.8吨。两级均采用了自生增压的推进剂输送系统。一级采用摇摆主发动机进行姿态控制，火箭在飞行中依靠三轴稳定平台计算机制导系统保持飞行稳定。火箭内部还装有可提供参数和信息的内、外弹道无线电测量装置，为全箭设备提供能源的电源。

此外，总体结构系统包括壳体、贮箱以及管路和电缆，使运载工具的各个部分组成一个在空间中能经受各种考验的整体。

研制首颗返回式卫星

1968年2月，中国第一颗返回式遥感卫星方案论证工作完成以后，返回式遥感卫星的总体研究任务开始转到空间技术研究院，任务正式落到了当时正在主持研制"东方红-1"号卫星的孙家栋肩上。

从此，孙家栋开始担任中国第一颗返回式遥感卫星技术总负责人。

20世纪60年代的中国，虽然还没有研制过返回式卫星，甚至连第一颗卫星还处于研制状态，但对一系列探空火箭的回收技术，科学家们还是有一定经验的。

早在1959年秋天，一群平均年龄仅21岁，刚刚走出大学校门的年轻人便接受了研制小型探空火箭回收系统的任务。经过一系列试验，多次成功地完成了气象探测、生物试验、电离层探测、高空试验和红外地平仪试验等火箭回收工作。

从探空火箭上取得的回收技术，为返回式卫星的成功创造了必要条件。

当然，火箭不是卫星，返回式卫星的结构十分复杂，全星由结构系统、温度控制系统、摄影系统、姿态控制系统、程序控制系统、遥控系统、遥测系统、跟踪系统、返回系统、天线系统和供配电系统组成。

卫星的返回过程简单地说，是在预定轨道完成任务后，为了使制动火箭按预定的推力方向工作，卫星首先进行姿态调整，即将卫星从轨道运行时的头部向前姿态转到底部稍稍向前的姿态。然后，返回舱与仪器舱分离。接着，用起旋发动机使返回舱绕地轴旋转，以稳定返回舱的姿态。随后，制动火箭点火工作，使返回舱从卫星运行轨道转到一条飞向地面的轨道。

在进入大气层前，起旋发动机开始工作，使返回舱的自旋速度减小，以便返回舱再入大气层后能较快地转到头部朝前的姿态。

返回舱在下降到离地面一定高度时，抛掉制动火箭壳体和底部防热罩。最后，装在返回舱降落系统的4顶降落伞依次打开，返回舱乘着主降落伞以每秒14米的速度安全着陆。

中国返回式卫星的研制虽然起步较早，但进展却十分缓慢，由于当时各种实际原因，返回式遥感卫星的研制进度和发射计划一再拖延。

返回式卫星的研制必须要经历4个阶段。首先是方案论证阶段，这在1967年9月已经圆满完成。然后是方案设计阶段、初样研制阶段和正样研制阶段。

1970年，中国的第一颗卫星发射成功之后，美国《航空周刊》的老编辑克拉斯即发表评论说：

> 预计在10年内，也许就在1975年，将会有

新的旅行伙伴加入美苏的秘密侦察卫星行列。

新的旅行伙伴,即指"返回式卫星"。

为了加速中国第一颗返回式卫星的研制进程,国防科委建议将这一工程列为国家重点工程。

周恩来批准了这一建议,并指示在北京地区组织大会战,由此全面展开了各系统的研制和发射准备工作。

返回式遥感卫星的正检星从1973年4月开始,进行了为期8个月的噪声、分离冲击、热真空和整星振动试验,获得了大量的试验数据。

孙家栋组织研制人员,针对暴露出来的问题又制定了若干改进措施。

返回式遥感卫星是一种用于国土普查的遥感卫星,被广泛应用于大地测量、资源勘探、资源普查、交通建设、城市规划等很多领域。因此,尽快将返回式遥感卫星发射上天投入使用,必将在我国国民经济建设中发挥重要作用。

返回式遥感卫星最主要的作用是要有较强的观测能力,最主要的技术指标是对地观测的分辨率。

卫星的观测能力表现在卫星飞行时间和卫星所携带的胶片数量。卫星上所使用的电源是锌银蓄电池组,卫星飞行的时间完全取决于锌银蓄电池组的容量。

卫星在空中飞行拍摄,受地球天气的影响比较严重,云层天气的影响大约占40%至60%,如果能够增加飞行时间，不仅可以增加拍摄区域，而且在观测区域的安排上可以根据气象情况进行拍摄调整，可以充分提高胶片的利用率。卫星所携带的胶片量是对地观测能力的重要因素，但胶片量的增加不仅涉及火箭的运载能力，也涉及星载遥感相机和卫星返回舱的综合布局。

当时，除了要完成卫星本身的研制，在研制中还要与星上有效载荷的研制同步进行。

星上相关技术的攻克情况，比如全景扫描相机光学设备、胶片的厚薄及质量水平等，所出现的问题会直接涉及卫星方案，常常会牵一发而动全局。不仅大的方案，就是很多具体细节都需要孙家栋随时进行全面考虑，综合协调。

第一颗返回式遥感卫星的形状为羽毛球状的钝头圆锥体，最大直径 2200 毫米，总长度 3144 毫米，头部半锥角为 10 度。由仪器舱和返回舱两个舱段组成。卫星由有效载荷、结构、电源、控制、热控、程控、遥控、遥测、跟踪、天线、返回共 11 个系统组成。这一环扣一环，各个系统紧密结合恰似巧夺天工的杰作。

孙家栋组织总体部门将任务分配到各个系统，由各个系统按照总体技术、质量指标开始研制。

有效载荷为胶片型可见光遥感相机，卫星完成全部摄影任务后，由返回舱脱离空中运行轨道带着胶片舱返回地面。

结构系统主要是仪器舱和返回舱两个舱段。仪器舱具有良好的密闭性，可以满足遥感相机在太空工作的压力环境。仪器舱壳体为铝合金金属结构，舱内主要安装遥感相机和在轨道上工作的仪器。返回舱内衬为铝合金，外部为耐高温的抗烧蚀材料。

电源系统包括锌银蓄电池组、电源变换器、配电器及其电缆等设备。其功能是为卫星上的设备供、配电，保证星上设备正常工作。

控制系统包括姿态控制和轨道维持两部分。姿态控制是对地定向三轴稳定系统，以满足有效载荷对地摄影的姿态要求，用陀螺和红外线地球敏感器作为姿态测量部件，用冷气喷气系统作为执行机构来完成控制功能，正确地完成运行及返回前的姿态基准。

热控系统的功能是通过保温与散热等不同措施，保证卫星上设备所要求的环境温度。

程控系统的主要功能是产生程序控制指令，控制遥感相机和其他设备的定期开、关机。

遥控系统的功能是接收地面发送的指令信息，接收机收到指令后，向星上其他设备发出指令，控制星上设备的开关机以及状态变化。

遥测系统的功能是采集星上的数据，经过编码、调制后，由无线电射频传输到地面站，经地面站接收、解调和处理后得到所需要的卫星工程数据。

跟踪系统的功能是利用星上双频测速和雷达测距设备，由地面和星上设备相互配合测出卫星到地面站的方位和距离，经计算得到卫星的轨道数据，完成了地面跟踪和轨道测量。

天线系统是为完成遥控、遥测、跟踪、回收标位等设备无线电信号发送和接收所配套的设备。

返回系统是当卫星完成在轨遥感摄影和科学试验任务后，由姿态控制系统调整好卫星姿态，保证返回舱与仪器舱分离后，执行卫星的回收程序，发出制动发动机点火、无线设备开机、降落伞开伞等一系列指令，使返回舱安全着陆返回地面。

在孙家栋的主持下，中国的第一颗返回式遥感卫星的研制工作终于要完成了，研制人员都期待着它早日通过测试，飞上蓝天。

研制返回式卫星相机

航天相机的研制成为中国航天必须要解决的问题。来自中科院长春光学精密机械研究所的杨秉新开始了中国第一代航天相机的研究。

杨秉新是东北人，1939年的冬天出生在一个普通工人家庭。家庭的困境练就了他坚忍不拔的性格，也让他从小就保持了优秀的学习成绩。上到高中二年级，他就被保送到长春光机精密机械学院光电仪器专业学习。就在那时，杨秉新有了一个非常淳朴的想法，一定要努力学习，报答党的培养之恩。

在那里，杨秉新有幸接触到了王大珩、薛鸣球、潘君骅等老一辈专家。也就在那个时候，他开始认识了光学，开始接触到国内外光学领域的前沿技术。从此他与中国航天照相机结下了不解之缘。

1963年，杨秉新毕业被分配到中科院长春光学精密机械研究所，在王大珩院士的领导下，开始了光学仪器研制工作。

当中国航天相机排上日程之后，杨秉新从长春来到了北京，开始在某工程组进行航天相机研制。那一年，杨秉新28岁，风华正茂。

航天相机是集光学、精密机械、电子学、热控和航天技术于一体的对地观测遥感仪器，广泛应用于资源普查、地质调查、矿藏勘探、大地测绘和国防研究等领域，航天相机的水平高低决定了遥感卫星能力的大小。

当时，面临西方国家的技术封锁，一没有图纸资料，二没有仪器设备。在这种条件下进行航天相机的研制，可以说是困难重重。

面对困难，杨秉新没有退缩。在自己老师王大珩的指导下，杨秉新毅然踏上了我国第一代返回式卫星相机的研制道路。他和其他同志一起，自力更生，不断摸索，为了中国第一台航天相机，经历了无数次设计、试验、修改完善、再试验的过程。

功夫不负有心人，在杨秉新他们的不断努力下，终于突破了航天相机的最关键技术，即空间对地观测和定位技术。这项技术的突破，表明他们离成功已经不远了。

1969年，我国第一台模拟相机终于问世。但就在接受模拟卫星发射力学环境试验时，相机被震坏了。然而，这丝毫没有动摇杨秉新一定要造出首台中国航天相机的信心。

经过改进后的相机再次送上了振动台，再次接受考验。当经过各种方向振动后，完好的相机呈现在大家的面前时，杨秉新的眼角挂满了激动的泪花。

中国第一代胶片型航天相机终于研制成功了，我国从此成为世界上第三个掌握航天相机研制技术的国家。

这是我国航天遥感技术的重大创新，开创了我国航天观测的新局面，为国家提供了极有效的现代化观测手段。为此，杨秉新荣立部级一等功，他负责研制的可见光全景相机和定位相机，分别荣获国防科技重大成果一等奖和二等奖。

　　航天相机首次从试验阶段转为应用阶段，杨秉新也在其中发挥了重要作用。他负责 5 颗卫星相机的总体和结构工作，突破了提高相机照相质量和提高传输相片的可靠性等关键技术，相机首次拍摄到了大量彩色照片，在国土普查中发挥了重要作用。

　　杨秉新和他的战友们没有因为眼前的光环而停下脚步，而是又一次应国家急需，认真探索问题，总结经验，提出了新型全景相机研制方案。

　　后来，杨秉新又担任了我国第二代返回式卫星副总设计师兼相机主任设计师，参与研制我国第二代返回式卫星航天相机系统。

　　该相机技术指标先进，相机的焦距长、扫描角大、胶片宽、分辨率高，技术难度也大大增加。但杨秉新攻克了 10 项关键技术，解决了诸如对卫星姿态干扰等难题，还在该相机上首次成功实现了用固定遮光罩来消除杂光，提高了可靠性，后来这项技术在中国航天领域被广泛采用。

　　第二代航天全景相机一次飞行获取的信息量比第一代航天相机增加了 13 倍，分辨率大幅度提高，是我国当时幅宽最大的航天相机，其性能达到国际同类普查型相机的水平。

杨秉新带领课题组不仅以最快的速度圆满完成了相机的研制，还促进了卫星立项，走出了一条有效载荷先行、推动卫星立项的新路子。

杨秉新特别注意跟踪国外航天相机的发展动向、最新技术，同时结合中国的技术基础和经济基础不断开拓创新，提出新的研究项目。为了提高中国航天遥感器研制水平，他没有停止过创新的脚步，研制一代、探索一代、创新一代，向更高峰努力攀登。

从 1963 年参加工作，杨秉新一直从事航天一线科研工作，不断研发国家急需的航天相机，取得了重大研究成果，多次立功受奖，为我国的航天遥感事业作出了系统的、创造性的贡献。

研制卫星回收系统

从1970年开始，中国空间技术研究院的林华宝成为我国返回式卫星回收系统的总设计师，承担起研制我国第一个返回式卫星的回收系统的重要任务。

林华宝祖籍福建莆田，1931年在上海出生，然后在四川重庆长大。他的曾祖父是莆田南日岛上的渔民。父亲曾任莆田哲理中学教师，母亲幼年是莆田黄石"善育堂"的孤儿。特殊的家庭背景，铸就了林华宝的奋进精神。

我国"杂交水稻之父"袁隆平是林华宝的同学，袁隆平曾经回忆说：

> 我在1943年至1947年在博学中学读书，那时，我的英语、体育成绩很好，但数学成绩不好。我的同桌是林华宝，他是返回式卫星总设计师，也是位中国工程院院士。当时他总是帮我做数学作业，我则教林华宝游泳。

1950年，林华宝考取了清华大学土木系，在大学二年级的时候被派往苏联列宁格勒建工学院留学。他当时的理想是成为中国的水利专家或是土木工程专家。

1956年中国的第一个五年计划开始实施，林华宝怀揣一腔热血回到祖国。当时科学院挑选部分应届留苏毕业生，林华宝有幸成为其中之一，被分配到新成立的力学所。这使他刚参加工作，就接触到像钱学森、郭永怀那样著名的科学家。

报到的那一天，所长钱学森语重心长地对他说："你就搞航空结构力学吧。"年轻的梦是多彩的，又是多变的，从此，学土木建筑的林华宝凭借其深厚扎实的基本功，转行搞起了航天事业，并且与空间技术结下了不解之缘。

1958年，林华宝参加了科学院由钱学森、赵九章、杨南生领导的空间技术研制队伍，从事探空火箭结构系统的研制。这年，他遇到了王希季教授。林华宝说："这又是一个偶然。"而恰恰就是这个"偶然"，将他人生的交响曲定位在卫星回收技术的主旋律上。

在王希季教授的精心培养下，林华宝很快开始了对卫星回收技术的研究。王希季对林华宝的影响是很大的，林华宝常说：

> 一个年轻人刚参加工作时，有一位经验丰富的老者指点是非常重要的。

1963年，林华宝负责了高空生物火箭箭头的研制。

1964年，我国第一枚生物火箭发射升空到70多公里的高度，并安全返回。看到回收舱内的小白鼠在火箭飞行过程中完整的心电图曲线，看到箭载电影摄像机拍摄的小白鼠在火箭飞行过程中失重时于空中飘浮游动的图像，林华宝心里有一种说不出的喜悦和幸福。

1966年，林华宝开始负责返回式卫星结构分系统研制。1970年，他又开始负责研制我国第一个返回式卫星的回收系统。

20世纪70年代，返回式卫星研制工作经历了最艰难的时期。那时美国对我国进行技术封锁，苏联又与我国关系紧张，日本正处于研究阶段，德国准备购买苏联的技术。我国没有其他更好的选择，只有自己干。林华宝就是在这样的情况下，开始进行我国第一颗返回式卫星回收系统研究的。

搞返回式卫星比搞生物火箭复杂得多，卫星作为一个独立的系统，要在预定的时间和路线顺利返回预定地区，必须过调姿关、制动关、防热关、软着陆关和自动标位寻找关。如果返回点速度方向角偏差一度，落点航程就会偏出300公里。但是困难并没把中国航天人吓倒，更没把林华宝吓倒，他毅然地接受了可以说是返回式卫星最关键系统回收系统的研究。

卫星回收系统的关键是卫星降落伞，其研制技术是航空降落伞技术的延伸，但又不相等同。卫星返回舱在轨道上返回，开伞高度高，速度快，回收承重量大，所经历的环境条件恶劣，工作程序和控制复杂，系统的重量和体积限制苛刻。

高空回收试验是验证空气动力减速器，即降落伞回收系统的重要试验。由探空火箭或飞机投下的几百甚至几千公斤重的回收系统模型乘降落伞飘然落地，如果减速系统失灵，回收物会从高空加速坠地。对运载火箭试验来说，回收的数据舱离地只有1.5秒的时间时，降落伞才能依次弹出和张开。

早于1.5秒开伞，降落伞可能被3000余度的高温烧成灰烬。晚于1.5秒开伞，数据舱则会坠毁于大地。即使降落伞正常张开，由于风力的影响也很难确定最终的落点。

为了避免人员伤亡和财产损失，空投场地必须选在空旷无人的荒原或大漠。

作为卫星回收队队长的林华宝不畏艰险，总是身先士卒，亲临现场指挥。

这里风吹沙动，凶险莫测，动荡暴躁的沙丘就像无数巨大的猛兽，匍匐在干燥的大地上。遇见沙暴，它会以排山倒海之势覆压过来，人员、设备都有被掩埋的危险。

沙漠昼夜温差特别大，白天五六十度的地表温度，火辣辣的阳光烤得皮肤灼痛红肿，夜晚则寒风呼啸，冰冷如冬。夏季在火辣辣的戈壁滩，汽车行驶20分钟就开锅，人热得透不过气。而在冬季，寒冷的内蒙古土贵乌拉黄旗海畔，人又冻得透不过气。

有一次，曾经留过洋的林华宝和十几位同志挤在一间小房里，晚上就睡在铺了一层稻草的地上，竟然很快就打起酣畅的呼噜。他太累了，休息的需要已超越了对温暖的渴求。

林华宝患有慢性气管炎，却次次不落地亲自带队飞到9000米至1.2万米的高空做空投试验，手里经常举着药瓶在嗓子里喷来喷去。其实这种时候，已不是他身体的需要，而是试验工作需要他的身体处于一个宁静的状态之中，那个喷药的动作，几乎成了林华宝形象的标志。

1969年的夏天，在对返回式卫星使用的国产胶片以及红外地球敏感器的高空工作性能做飞行试验时，第一枚火箭落在巴丹吉林大沙漠的西部。林华宝先是奉命上飞机搜索，而后又带了8个小伙子和一个班的战士，到大沙漠里去回收。凌晨，一行人背着水壶和干粮出发了。

林华宝他们面对的是一片软戈壁，远远望去，一座又一座的沙山连绵不断。当地老百姓讲，爬这样的山，走一步退半步。他们直到17时才找到目标，随即在现场进行检查处理。当抬着相机和红外地球敏感器准备返回时，已是20时了。

由于没有现代化的通信工具，他们与指挥所失去了联系。走到午夜1时，他们打完了最后一发信号弹。水和干粮也早已用完，大家又渴又饿又累，每人的喉咙里都燃着一团火，真想坐下来休息一会儿。

但是，沙漠里的天气变化无常，夜里又冷，林华宝决定，必须坚持走下去，就是爬也要爬回去！后来他们真是在"爬"山了，缓缓地爬上一座沙山，再顺着山坡滑下去，步履维艰。渴啊！每走10多米就要停下来歇一会儿。凌晨5时，他们终于"爬"出了大沙漠。

第一颗卫星降落伞的研制曾做过58次空投试验，在陕西临潼、山东潍坊、山西大同以及四川彭山都留下过林华宝的足迹和身影。经过58次的空投试验和反复改进，我国第一颗卫星的降落伞终于研制成功了，卫星回收系统获得了令人满意的成果。

林华宝还有一个爱好，就是深入一线与科技人员一起论证数据，研究设计技术方案。他擅长计算和推理论证，对数字异常地偏爱和敏感。平时试验队中总是有几副扑克牌，那是大家用来娱乐的，而林华宝手里也有一副牌，却是做计算用的。紧张的工作之余让大脑在数字游戏中徜徉，是他的一种特殊的休息方式。

后来，中国的"长征-2"号运载火箭托举着我国第一颗返回式卫星从酒泉卫星发射中心发射升空。3天以后，卫星运行到绕地球第四十七圈，地面遥控站按时发出了卫星返回调姿遥控指令，正在200多公里高空轨道上运行的卫星，翻了100多度的跟头，将头部对准地球上的中国大陆，星上火箭推动着卫星，离开了原来的运行轨道，向地面飞来。

回收这天，林华宝乘直升机前往卫星的落点，在空中远远地看见田地里的卫星返回舱，旁边是一张颜色夺目的降落伞。

那红白相间的颜色，在微风中颤颤地似一朵盛开的鲜花，又仿佛在吟唱着一首人们从来都没有听到过的曲子。这情景，林华宝盼望很久很久了，在这梦想终于成真的一刻，林华宝万分激动，热泪满面。

回收终于成功了，这一天，直到夜深的时候，林华宝还不能入睡。他在《院士自述》中这样写道：

> 在人的一生中，最愉快的事莫过于亲眼看到自己的辛勤劳动得到了成果，看到自己为人民做了一点点有益的事。这一天是我一生中最难忘、最为激动的一天。

林华宝负责研制成功的我国第一个卫星回收着陆系统，为我国成为世界上第三个掌握卫星回收技术的国家作出了重要贡献，也为以后的返回式卫星的安全着陆开辟了道路。

后来，我国相继发射了几十颗返回式卫星，林华宝几乎每次都带着试验队参加。每一次发射往往是他们最辛苦、最紧张的时候，可又是最开心、最惬意的时候，队员们的心走得最近的时候。

20世纪80年代，林华宝又成为我国新型返回式卫星总设计师，领导该卫星的研制和飞行试验。在负责研制新一代返回式卫星时，林华宝正确地处理了继承和创新的关系，尽量采用在我国卫星上历经考验的成熟技术，要求卫星上各分系统和主要设备最大限度地采用成熟技术和延伸技术。从而使这一型号卫星成为崭新的、用途广泛的返回式卫星平台，并成为我国航天型号产品通用化、系列化和组合化中返回式卫星系列的基本型。

二、技术攻关

● 卫星总设计师孙家栋说:"1974年11月5日的那次发射,造成了非常严重的损失,给大家带来难忘的教训。"

● 张爱萍对技术人员说:"凡是一切能在地面发现的问题,一定要发现,一切能解决的问题一定要解决在前面,不带问题上天,做到一次成功。"

● 基地党组织提出了一个战斗口号:"学理论、团结一心拼命干,人人把好质量关,誓保卫星能往返!"

准备卫星发射和回收

1971年8到10月间，在成都军区和总参测绘局的指导下，复勘了四川省的7个专区、42个县，选定将四川盆地作为回收区，中心在遂宁市附近。这里除了地形开阔，交通方便的有利条件外，还可满足卫星在返回前一圈运行中飞经中国上空的需要。

对于返回式遥感卫星而言，在准备工作中，除需要技术指标很高的遥感仪器，保持高精度的测控及安全可靠的回收系统外，还需要选定合适的回收区域，并配置地面、空中有机结合的回收设备和试验队伍。

早在1969年，有关部门组成的勘察组，就对初步拟定的可供返回式卫星着陆的地区进行了踏勘。经过国防科委组织专家进行分析研究对比后，决定在中国大陆腹地回收。

地面测控网既担负着对卫星进行跟踪测量的任务，又担当了对卫星实施控制的重任。返回式遥感卫星的轨道设计与回收区的选择和观测台站的布局有密切关系，顾此失彼就会影响全局。

根据卫星轨道倾角的要求，在地面测控网原有7个台站的基础上，又继续完成了4个台站的建设，合理配置了若干个前置站、活动站和回收站。综合利用一些非卫星测控网中的测量站的力量，形成了以渭南站为测控中心，包括发射场区测量设备组成的一定规模的返回式遥感卫星测控网。

为了检验星上仪器设备和地面测控设备的性能及协调性，星上和地面主要工作程序的协调性，星上信标机与地面回收站及定向设备的协调性，并训练回收队伍，提高发现和回收返回体的能力，从1970年到1974年，分别进行了星地对接、空中跟踪定向、回收区联合空投等试验。

在取得火箭技术一系列的突破之后，王希季又担任起我国返回式卫星的首任总设计师。卫星回收是一项高难度技术，要确保高速飞行的航天器安全着陆在指定区域，同时发出标位信号，帮助搜索人员及时发现目标。

王希季提出充分利用"长征-2"号运载火箭能力、采用弹道返回方式的大返回舱方案。这是一个立足国内技术和工业基础而又达到国际先进水平的方案，这是一个极具前瞻性和可持续发展的方案。

20世纪70年代初期，卫星回收系统性能不稳定，试验常出事故。王希季不畏艰险，多次亲临现场指挥。

一次，在酒泉发射场发射的两枚技术试验火箭的箭头落到了巴丹吉林大沙漠中，箭头上装有高空摄影机和红外地平仪等试验仪器。当初步探明箭头的落点后，王希季跟随回收队走进一望无际的大漠。

沙漠凶险莫测，回收队队长林华宝"命令"总工程师王希季原地等待，作为回收队进出通道的联络点。王希季看守着一辆装有给养的吉普车孤零零地坚守在茫茫大漠之中，从清晨到深夜，从深夜到黎明，整整 24 小时，一刻也没有合眼。

为了给大漠深处的同志们指示方向，每隔半小时，他向空中发射一次信号弹，直到点点人影出现在晨曦的天幕上……

就这样，经过 58 次空投试验和反复改进，卫星回收系统终于获得满意的成果。

为了给中国第一颗返回式卫星做出最充分的准备，1972 年 5 至 6 月间，在成都军区领导下，发射部队会同参与火箭和卫星研制工作的 10 多个单位，在四川盆地回收区内进行了第一次联合空投，当时投放了两颗模拟星，一颗结构星。

在当地上万名群众的协助下，参试单位的数百人紧密配合，互相支持，在一个月的时间里进行了 3 次试验，基本达到了预期目的。

1974 年 9 月，针对第一次试验遗留的问题，又在该地进行了一次空投试验，取得了圆满成功。

除了高空回收试验，在正式执行发射任务之前，发射部队还要进行多次合练演习，以达到练兵的目的。第一颗返回式遥感卫星的发射合练是从 1973 年年底开始的，历时近 3 个月，直接参加合练的研制人员、部队技术人员和战士达 500 多人。

当时，正值严冬季节，戈壁滩的气温常常在零下20度左右。为了取得成功的经验，人们坚守在阴冷空荡的大场房里，奔波于寒风凛冽的发射塔上，既无怨言，也从不叫苦叫累，一心一意只为完成合练任务。在严格的合练过程中，发现和排除了数百个故障和技术问题。

通过对合练星的操作合练，参试人员根据卫星的技术状态，修改完善了发射试验用的"测试细则"、"操作规程"和"试验程序"，使发射正样卫星所使用的主要试验文件基本成型。

与此同时，合练也对卫星进行了全面检验，暴露了问题，找到了薄弱环节，为正样卫星的改进提供了可靠的依据。此外，发射场的设备布局得以改善，装备更加配套、协调，为发射正样卫星打下了坚实的基础。

经过充分准备，我国第一颗返回式遥感卫星和"长征－2"号运载火箭就要被运往发射中心，开始真正的航天之旅了。

对失控火箭紧急处置

1974年8月,我国第一颗返回式遥感卫星和"长征-2"号火箭出厂检测合格后,有关单位及时向中央做了汇报。

叶剑英等中央首长正式批准,火箭卫星可以进入发射中心。

1974年9月12日,在火箭卫星研制试验人员以及人民解放军的护送下,火箭卫星按时运抵酒泉卫星发射中心。进入发射中心后,试验发射人员马不停蹄,开始了发射前的试验检测工作。

然而,就在大家热情高涨进行最后冲刺的时候,一件难题又摆在了专家们的面前。因为按照原定计划,卫星上天是带着一个炸药包的。可是就要临近发射的时候,研制发射人员对是否安装炸药包又出现了矛盾。

当初为什么要安装炸药包呢?

这是因为科研人员对中国第一颗卫星回收并没有十足的把握。虽然工作人员对火箭卫星的质量检测了又检测,试验了又试验,但毕竟这是第一次发射返回式卫星,压力实在太大了。

另外,返回式卫星即便能够返回,还得让卫星落到指定的地方,要卫星从北往南进入中国上空后落在四川。

假设一旦落下来的速度慢了一点，卫星会不会还继续往南飞？往南飞的话，搞不好就出国了。

如果掉到海里还好办一点，卫星要是落偏了，就会跑到国外。所以当时孙家栋他们提出来在卫星上装个炸药包，一旦发现轨道不正常，控制不了落点的时候，就下指令把它在空中炸掉。否则，卫星要是掉到国外，那可是个很大的外交事件。

就在卫星进入发射场开始电测的时候，孙家栋他们又有了别的想法。他们想，如果卫星并没有出毛病，本来属于正常情况而且卫星也返回落到了指定范围，等收回来后，也得拉回到胶片处理工厂去打开、分解、取出胶片盒，由于这里面有个炸药包，上天以后又跟着回来了，这炸药包会不会出毛病？如果一开盖把里头的炸药包给崩了，那不就出大事了？

于是，大家就说，这炸药包到底是装还是不装？

原来说要装是有道理的，现在说怕出事要求不装了，也是有道理的。孙家栋作为卫星技术负责人，压力非常大。连续几天，孙家栋晕倒了好几次。

最后，经过正反两方面的反复权衡，大家统一了意见：认为卫星万一飞出国外，属于外交范畴；如果卫星带着炸药包从发射场点火起飞，在空中运行那么长时间，返回落到地面的很多环节都有很多危险。

权衡两者的风险，前者的风险毕竟要小于炸药包的风险，最后决定：取消炸药包方案。

当时卫星已经在发射场完成了各项测试，操作人员接到方案修改的通知后，又制定了撤除炸药包的程序。当操作人员小心翼翼地将炸药包从卫星上拆除后，孙家栋那颗悬着的心才算落了地。这件事情虽然花费了很多精力，经过了几次反复，但最终能够使问题得出明确结论，孙家栋感到还是值得的。

困难解决以后，技术阵地和发射阵地的检查测试照常顺利进行。经过了将近两个多月的时间，所有检查测试都顺利结束了。然后，发射人员开始对火箭加注推进剂，准备在11月5日点火发射。

1974年10月22日，中央军委副主席叶剑英主持中央专委会，听取"长征-2"号总设计师屠守锷和返回式卫星总设计师孙家栋汇报箭、星的准备情况。

叶剑英作了重要指示，他对中国第一颗返回式遥感卫星发射寄予了殷切的希望。

1974年11月5日11时，在一望无垠的茫茫戈壁上，完成星箭对接的运载火箭矗立在发射台上，整装待发的第一颗返回式遥感卫星完成了各项检测。天空晴朗，万里无云，乳白色的运载火箭更加醒目。

发射场按程序完成了推进剂加注，完成了功能测试，完成了升空前的综合检查。这时，调度指挥的扬声器里传出发射指挥员杨桓洪亮的口令：

控制转内电！

> 遥测转内电！
> 外测转内电！
> 一分钟准备！

随后，现场发射指挥员下达了"牵动"口令。

随着口令的下达，各系统的地面电缆与火箭、卫星连接的电信号插接件、气源连接器纷纷按程序依次脱落下来，连同发射塔架电缆摆杆那长长的臂膀一起摆向火箭的背后，火箭托举着卫星在刹那间就要点火起飞。

这个时候，发射指挥台上的倒计时指示计正在一秒一秒递减，宽敞的指挥控制室内，气氛异常紧张，人们屏住呼吸，等待火箭点火的轰鸣声。

整个指挥控制室、整个发射场都异常安静。火箭即将发射，时间只剩下最后的几十秒钟，发射指挥员杨桓正默默地准备着喊出最后一个口令"点火"。

这时，监控人员突然发现卫星没有按照设定的程序转入卫星内部自供电系统，这意味着运载火箭如果发射将会带着不能正常供电的卫星起飞升空！卫星控制台操作员失声报告：

> 发现故障！星上大部分仪器断电！

总设计师孙家栋听到这一意外情况的报告时，离下达点火口令只有 13 秒的时间了。他深知如果这样发射，送入太空的将会是一个重达两吨重的毫无用途的铁疙瘩。

在这千钧一发之际，一切都来不及多想，孙家栋一声大喊：

停止发射！

在这非常短的时间，如果按照正常程序逐级上报，等待指挥员发布"停止发射程序"的命令，肯定是来不及了。所以孙家栋才这么大喊一声，实际是向指挥长紧急报告，希望赶快停下来，卫星现在工作不正常。

"停止发射程序"的命令按正常情况来说绝不该由孙家栋发布。如果孙家栋没有很高的威望，指挥员也不会执行他的命令。

在这样的非常时刻，果断处置这个突发事件是需要胆识，更需要有承担巨大风险的心理准备！孙家栋如果不是把个人的一切私心杂念置之度外，是决然不敢有如此举动的！

指挥长杨桓也立即意识到了问题的严重性，他非常及时、准确地下达了停止命令。

发射阵地17个系统的指挥员听到命令后，指挥各自的操作手按原定预案，有条不紊地退出了发射程序。

由于原来预想工作做得好，各级指挥得当，没有发生不协调、程序错乱、漏电串电或误操作等问题。发射程序终止了，孙家栋昏厥过去。

● 技术攻关

正常的发射在一刹那间停止了，人们还没有从高度紧张中完全醒过神，整个发射指挥室里一片嘈杂声。许多人还不知道是怎么回事，有问情况的，有提供信息的，大多是在询问怎么办，如何处置目前的状况。

这时，昏厥过去的孙家栋渐渐清醒过来，他立即组织人员对故障原因进行查找。结果发现，是卫星地面综合控制台电源容量较小，脱落插头长线电缆电压下降过大，造成星上电压不够而使一些仪器断电。

技术人员迅速在电路上并联了一个等值电容，更改了卫星的脱落插头供电方式，重新启动后，卫星工作正常。故障原因虽然找到了，但问题并没有解决，要使火箭恢复正常供电就必须重新安装电容。

但是，可供卫星发射的时间段仅为 11 时至 15 时 30 分，这个时间段称之为卫星"发射窗口"。此时的火箭早已是加满了燃料，加满燃料的火箭对停放时间是有严格要求的，否则将会引发其他连锁问题。

在发射指挥控制室里的人员都是指挥人员，操作人员随着工作的完成已经分批撤离到距离发射台十几公里外的观测点，安装这个电容需要召回卫星电路设计人员和组装人员。那个时候，还没有发达的移动电话之类的通信工具，于是，就采用了最原始的高音喇叭，从发射场把有关人员呼喊了回来。

操作人员回来后，如何完成电容的安装仍然是一大难题，因为脱落插头的盖子是一次性使用闭锁的，首先是打不开，其次是即便打开也担心闭不上。最后决定只能采取撬开返回舱头部稳定裙的壁板来安装。

这个壁板是用 12 块化学胶脂粘合上的，既具有一定强度，又可以减少阻力的波纹板和平面板。撬开稳定裙的壁板后，手可以伸进去拨开脱落插头盖子的闭锁弹簧，打开插头盖。

时间一分一秒地过去，操作人员排除了种种连锁问题，终于完成了各项准备，重新将插头插好。

发射场的人员依次撤离，指挥人员重新在地下指挥控制室就位。

卫星和火箭又重新进入发射程序，各系统也将状态恢复到了发射前一小时准备状态。4 个小时后，"各系统转内电"的口令再次发出，随着"点火"口令的下达，火箭在震耳欲聋的呼啸声中离开了发射台。

可是，不幸还是未能避免。

运载火箭起飞 6 秒后，突然出现越来越大的俯仰摆动，犹如醉汉般失去了平衡，火箭姿态严重失稳。

飞行至 20 秒时，安全自毁系统启动。"轰隆"一声，运载火箭连同卫星凌空爆炸，一团巨大的黑红色的烟火在蓝天丽日下显得异常壮烈，爆炸的残骸纷纷扬扬，散落在发射台东南方向不到一公里的范围内。一间平房被一块火箭碎片砸透了顶，发射阵地周围的烟火燃烧了好半天才被消防人员扑灭。

火箭发射时，基地副司令张志勇和火箭专家钱学森等人正在敖包山指挥所。当调度中传来杨桓下达的"点火"口令后，记录仪开始记录。

张志勇不知为何，心里总有些忐忑不安。他站了起来，对钱学森说："我先到指挥所外面去，看看火箭飞行的情况。"

当张志勇疾步来到外面时，发现发射场上空出现一个巨大火球，浓烟滚滚，爆炸声闷雷似的传过来，脚下明显感觉到了一阵震颤。

张志勇一下惊呆了！这是怎么回事？愣了片刻，张志勇才醒悟过来，转身告诉了钱学森，随后一同驱车火速赶到现场。

火箭和卫星炸得粉身碎骨，残骸遍地，尚在徐徐燃烧。周围不少科技人员目睹这一情景，悲痛交加，有的还忍不住哭了。

谁能体会得到，孙家栋和他的科研人员是顶着多大的压力，耗费了多少心血和汗水，才终于等到这一点火升空时刻的，而最后还没来得及亮相便永久性地消失了。面对如此残酷无情的结果，怎不让人伤心。

精细查找事故原因

爆炸发生后，基地指挥所一边发动部队清理事故现场，一边组织技术人员利用各种测量结果和残骸进行分析研究。

当天22时，疲惫至极的基地司令员张志勇和七机部党的核心小组成员张怀忠就发射事故问题交换了情况。

张志勇说："除了在技术上搜寻故障原因以外，是不是也要对别的问题考虑一下？周恩来在中央专委会上说过，敌人在边境上设置了很多雷达和无线电设施，要防止他们掌握我们产品的频率，利用电子进行干扰破坏。要向总参和情报部门联系一下，查查有没有这个可能。"

张志勇产生这样的疑虑是有原因的。多年以来，基地一直紧绷着战备神经。

就在进行发射的半个月前，基地组织部队在场区广泛搜寻外国空投下来的电子侦察设备，先后出动了近3000人，各种车辆200台和多部电台。搜索人员还在天仓北山以南10公里处发现了一个美国制造的大型塑胶气球。

发射试验临时党委副书记张怀忠略微犹豫了一下，点点头道："有人反映这次发射失败是人为破坏的。"

张志勇大吃一惊，连忙问道："这究竟是怎么回事？"

"发射时，七机部有两位同志就在安全指挥控制站现场，亲眼看到基地安全指挥员下令按下了控制电钮，将正在飞行的火箭炸毁了。"张怀忠说。

本来张志勇就几天没合眼十分疲劳，夜深人静又得到这样一个要命的消息，似乎脑袋也要像火箭一样轰然爆炸了。他急忙赶到一部，找来一部部长石荣屺和副部长韩可友。

"你们立即组织力量，连夜把无线电外测、遥测和光测的所有测量结果搞出来，作出结论。必须在天亮之前搞完！"

随后，张志勇又找来基地第一试验部安全指挥控制站的安全指挥员黄启华。本来心里坦然的黄启华见张副司令亲自来询问此事，感到事情非同一般，神情顿时紧张起来。

"炸毁指令是我发出的，"黄启华很实在地承认了这一点，"但我是在观察到火箭左右大幅度摇摆后才下令炸毁的，这完全是按预定方案进行的。"

由于航太产品的高风险性，为了防止一旦出现故障而造成更严重的损失，运载火箭和卫星上都分别装有爆炸器和姿态自毁系统。飞行中，火箭如果发生了起火、坠落、折断、翻滚、垂直飞行或反向飞行等异常现象时，产品中的安全自毁系统便会自动发生作用，将自身炸毁。

而当这一自毁系统也出现故障不起作用时，地面安全指挥员就有责任按下地面安全设备的控制电钮，通过遥控接通火箭上的爆炸装置，将火箭炸毁。这些都是发射预案所规定好了的。

"七机部有两个同志当时在你们安全控制室现场，他们说亲眼看到你按下了安全控制电钮，将正在飞行中的运载火箭炸毁了，是不是这样的情况？"

黄启华的脸唰地一下变白了，身体不由自主地微微晃动了一下。

"点火后，导弹起飞离开发射架时就不稳了，横偏摆动得非常明显，从我们控制站这里看去，就像要掉在自己头顶上一样……至于试验队的那两个人，当时就吓得拔腿跑了，他们说的情况不真实。"

这时，发射场上的各种议论已经传得沸沸扬扬。这让张志勇有些坐卧不安，运载火箭和卫星爆炸的问题成了压倒一切的首要问题。不过张志勇想得最多的还是地面安全指挥员在发出指令将火箭炸毁时，火箭是否正在正常飞行，按爆炸按钮是在火箭自行爆炸前还是在其后，黄启华和七机部的两个人到底谁说的是真实的。

石荣屺和杨桓组织有关技术人员连夜对测量结果进行判读、分析。

在运载火箭从点火起飞到凌空爆炸的 20 多秒钟里，发射场区的光测、遥测、单脉冲雷达、测速测距连续波雷达和卫星跟踪系统的双频测速仪，均进行了正常的跟踪测量，20 多台光学设备都进行了连续 30 多秒的跟踪拍照，如实记录了运载火箭起飞后姿态失稳和自毁坠落的全部实况，几套遥测设备也记录下了所有数据，为事后分析故障原因提供了客观依据。

从 13 台光学电影经纬仪记录胶片判明，火箭起飞正常，飞离发射台后仅 6 秒，运载火箭便出现明显摇晃，最后在飞行到 20 多秒时失稳爆炸自毁。

胶片上记录得清清楚楚，在爆炸前运载火箭发动机系统参数正常，控制系统也一直在进行稳定性控制，却唯独没有速率陀螺信号。由于运载火箭起飞后姿态发生大幅度俯仰摇摆，已超出稳定系统的规定值，使陀螺平台外环触碰到档钉，因此接通了运载火箭内部的安全自毁装置发生爆炸。

而地面安全指挥员按照要求所发出的安全爆炸指令，比运载火箭自身作出的炸毁指令晚了 0.4 秒。

就是这关键的 0.4 秒，完全证明火箭爆炸的原因不是人为的。这让处于极度惊恐之中的黄启华得到了解脱，基地上上下下也大大松了一口气。

虽然弄清楚了火箭爆炸不是人为的，但究竟哪里出了故障，大家还是不清楚。当时，要从一堆跌落尘埃中的火箭卫星碎片中找出问题的原因来，也不是那么简单的事情。

那么大的一片沙漠里，大家基本把那块沙地给翻了一尺多深，然后拿筛子把任何一个小块的东西都给筛了出来。之后让大家来认领自己的东西：这一块小铜片是我这个仪器上的，那个螺钉是你那台仪器上的。

大家都分门别类，对照残骸一块一块认真检查，对一根根导线进行排查，当拿起一根导线对光一照时，发现完整的外皮里面的导线却是断的！

但是，只找着这个还不算是充分的证据，还要弄明白这根导线是哪个系统上的，是什么设备上的，这根导线是在什么时间断的，断了之后会出现什么样的现象，要做充分的理论分析，再到试验室进行模拟试验。一定要等试验结果与火箭事故情况完全一样，才能证明这个东西与故障的实际关系。

为了最终证实火箭发射故障的原因，科技人员做了大量的工作。

根据测量结果和对火箭残骸所作的解剖分析，以及多次模拟试验，科研人员得出最终结论：由于运载火箭控制系统俯仰速率陀螺通道的一根导线有暗伤，所以在火箭点火起飞后受到振动而造成短路，运载火箭稳定系统未接到该通道的输出信号，导致火箭失稳自爆。

当这一切都处理完成以后，已经是第二天凌晨5时多了。张志勇等指挥人员又赶紧准备向中央进行汇报。

爆炸事故分析结果报到北京后，因为周恩来已经病重，就由主持中央军委工作的叶剑英向毛泽东报告了发射失败的经过。

在汇报时，秘书人员看到，当毛泽东听了这一消息后，神色凝重，一句话也没说。

中国的第一颗返回式遥感卫星已经走过了太多的曲

折和坎坷。卫星发射在技术上出现的问题，既有方案上的也有质量上的，而质量问题则相当突出。

每次在测试检查中发现的问题都多达上百个，以至曾出现过由于一级4台发动机未全部点火而不能起飞的故障，只好再千里迢迢，拉回生产厂家重新检修，造成巨大的人力、物力损失。

鉴于以上情况，这次出现由于箭头结构失稳而不能完全考验运载能力的事故，最终造成1974年11月5日第一次返回式卫星发射失败也就不足为怪了。

这种由于一根导线的纰漏而损失一颗卫星和一枚运载火箭，使中国的第一颗返回式卫星上天时间推迟一年的惨痛教训，也是值得每一个中国人记取。

面对残酷的现实，卫星技术负责人孙家栋坚定地说：虽然事故是由于火箭的故障造成的，但也要从火箭的故障中找出共性的东西，以此总结经验教训，引以为戒，狠抓卫星质量。

后来，每当有人提起这次事故，孙家栋还总是情不自禁地流露出惋惜和难过。他说："1974年11月5日的那次发射，造成了非常严重的损失，给大家带来难忘的教训。"

第二批元件返厂复查

在第一次发射失利后,叶剑英立即代表中央专委作出明确指示。

他说:

> 失败是成功之母,不要颓丧,要继续奋斗,再接再厉,一定要达到目的为止。

叶剑英的指示,传达了党中央的声音和决心,坚定了从事航天事业的每个人的信心,鼓舞了每个人的战斗意志,将大家从沉重的心情中解放了出来,从懊丧的情绪里平静下来,认真细致查找原因,组织力量继续再干。

逐渐平静下来的科技人员分析查找了失败原因,举一反三,着手进行运载火箭的改进。

同时,对原先总装完成的第二批产品全部分解,返回各生产厂家,重新进行严格的质量复查。

1974年11月28日,七机部召开会议,分析这次发射失败的原因。

张爱萍主任以其敏锐的视角分析了发射失败的深层原因,并指出了产品的先天不足问题。

1975年,张爱萍受党中央委托,到七机部一院来检查工作。他虽年逾花甲，却不辞辛劳，拄着拐杖深入科研生产第一线，调查研究，关心群众生活。

1975年3月28日，张爱萍到一院二三〇厂蹲点，要求用最短的时间把失去的时间抢回来。

1975年3月31日，七机部召开一、二院汇报会，会上传达邓小平的指示，这次会议对发展一院的形势起了重要的催化作用。

七机部在一手抓思想、组织和科研生产整顿的同时，一手抓群众生活。为解决职工住房困难，批准一院建职工宿舍5500平方米。这让一院的科研人员兴奋不已，决心努力投入工作，早日实现中国第一颗返回式卫星升天。

七机部进行科研生产整顿，也着手解决"长征-2"号发射返回式卫星失败后暴露的各种问题。

为了吸取教训，一院上下动员，凭借全国、七机部全面整顿的东风，迅速开展"长征-2"号第二发质量情况的全面复查。

1975年6月30日，党中央专门发出14号文件，提出要贯彻毛主席"学理论"、"安定团结"和"把国民经济搞上去"的指示。部、院两级领导班子加强了严格的科学管理和必要的规章制度及劳动纪律，建立了正常的科研、工作秩序。

1975年7月，改进后的第二发火箭开始总装工作。

张爱萍亲临现场督战，他拖着尚未痊愈的伤腿，对技术人员说：

我们一定要把工作进一步做细，不要急于求成。凡是一切能在地面发现的问题，一定要发现，一切能解决的问题一定要解决在前面，不带问题上天，做到一次成功。

1975年8月18日，张镰斧副院长传达张爱萍主任指示，要求：

从事这个产品的工人、技术员、干部和器材管理人员，一定要认真进行复查。凡自我查出的问题，不追究责任。查出问题解决了，就是对党对人民负责。

1975年8月20日，国防科委和七机部领导张爱萍、钱学森、汪洋等同志来到一院，检查"长征－2"号第二发质量复查情况。

检查期间，他们还专门听取了关于即将出厂的返回式遥感卫星和运载火箭质量情况的汇报。

"长征－2"号总设计师屠守锷首先汇报了火箭方面的情况。针对速率陀螺断线问题，在增加控制系统可靠性方面做了大量工作。改双点双线148处，改环形供电30处，增大导线截面积13处。

研究所对星箭使用由他们推荐的新材料、新工艺46

项，星上密封件 18 种 32 件，箭上密封件 66 种 167 件，都进行了复查，并采取了保质措施。

对在星箭上使用传感器 28 种 64 个、变换器 12 种 35 个，有些出自 1970 年到 1971 年的产品已经过了保质期，"长征-2"号火箭研制人员同二一〇厂密切合作，共返修 4 种 20 多个产品，还有 7 种因元器件失效，将整机推倒重来。

对惯性器件做了全面检查、参数协调，精度合格。

工厂成立"三结合"领导小组，对职工进行质量意识教育，举办产品质量展览，宣传重视质量的好人好事。复查发现 20 个问题，都已排除。

这枚火箭在总装测试中发现 116 个问题，也全部得到了解决。比如一级稳定系统测试时记录仪的波形出现一个转瞬即逝的小"毛刺"，火箭研制人员抓住不放，经过六天四夜做了几十次试验，终于查明，是放大器的微膜组件有问题，消除了一大隐患。

一院还专门组织 50 多人的复查组，对发现的 67 个问题逐一分析，将有问题的元器件全部更换，还更换了 4 台仪器，补做了 3 项试验。发现换流器质量不好，重新生产。

发现一级伺服机构伺服阀零位漂移不合格，马上拉回厂加班检查，增加高低温筛选和振动试验，经过 15 个昼夜，排除了故障。

汇报中有的单位说，如果元器件不出问题，我们就没有问题。张爱萍针对这种说法，进行了非常严肃的批评，他说：

> 不要把责任归到别人那里，元器件选用时要检查，合格就用，不合格不用。没把握的你选用了，出了问题责任就在你们！

听完汇报后，张爱萍要求要把吃奶的劲拿出来，把质量搞好，传达中央领导关于产品质量99%不行，一定要100%，有了问题要发动群众，8次、10次、100次，也要把问题找出来等重要指示。

张爱萍还再次强调了保证产品质量的重要性和完成试验任务的重要意义，他要求大家对产品要做到"精心保健"，确保质量，力争这次发射"一鸣翔天"。

接着，钱学森也做了讲话。他要求贯彻周恩来"一次成功、多方受益"的指示精神。要求靶场总装测试队伍要精干，要精打细算。去的人要明确对哪一部分负责，出了问题就找他。

试验队配备相应的政工人员，还要有人管生活。一切出厂产品，都要有文字记录，是谁查的，要签名。问题有偶然性就有必然性，不能放过任何一个偶然。到了靶场，时间一长就急躁。对问题找几次不复现就放过去了。上次就是因为没有认真对待苗头，所以才导致了最终的失败。这一次一定要认真对待。

第二发"长征-2"号运载火箭的质量，经过几个月复查，查出和解决各种问题608个。经过研制人员认真细致、加班加点的工作，卫星上的每一个部件都进行了测试、检查，到1975年的金秋10月，火箭出厂前的准备工作都已经就绪。

七机部将火箭卫星研制情况向中央做了汇报，经过中央批准，新研制的火箭卫星可以进入发射厂了。

1975年10月12日，七机部一院内专列站台上人流涌动，欢送者心潮起伏。领导的嘱托、战友的鼓励、亲属的叮咛……这一切的激情在这一瞬间达到了高潮，不少人的眼眶湿润了。

18时50分，伴随着火车汽笛一声长鸣，车轮飞转，一院108名试验队员的心亦随之滚动，牵引着"长征-2"号奔赴远方的靶场……

发射基地进行彻底联检

1975年10月16日凌晨，满载着党的重托、人民的希望的火箭卫星产品专用列车到达酒泉卫星发射中心东风靶场。试验队全体人员征尘未洗便卸装备、产品，大家一起将测试仪器就位。

技术阵地测试工作立即展开。

试验队的工作千头万绪，但大家的目标只有一个，就是心往一处想、劲往一处使，把卫星送上天，收回来！

为了实现这个目标，国防科委钱学森、马捷副主任从始至终在基地亲自指挥这次试验。

这次发射任务是在国防科委领导下，由卫星发射中心和七机部的13名有关领导组成的试验队临时党委现场指挥。

这13名领导是曾凡有、徐明、任新民、刘绍先、吕诚华、柏凤和、吴鹏、石荣屺、张侗、王盛元、谢光选、李涤心等。七机部派刘更生任试验队临时党委书记，一院试验队被编为一中队，由副院长柏凤和任队长，副院长谢光选任总师，郭光同志任一中队党支部书记。

为了更好地完成卫星发射任务，基地党组织还提出战斗口号：

团结一心拼命干，人人把好质量关，誓保卫星能往返！

这个口号在当时起到了双倍的感召力，得到了试验队员的大力支持。当时还提出了"讲政治、讲团结、讲质量、讲安全、讲纪律"，也同样得到了试验队员的理解和支持。

全体参试人员在试验队临时党委的领导下，齐心协力，团结战斗，抱着一定要将卫星送上天、收回来的决心，深入细致地开展工作，各个环节都从细从严，对发现的上百个问题认真分析，通过试验，严格按科学规律办事，自始至终叫响一个口号：

不带任何一个问题上天。

试验队的邢书琴一个手指骨折上着夹板，还揣着假条上班，卸车时还争先恐后搬东西；有的仪器装车时用吊车才能吊上去，卸车时董维几个人硬是从车上抬下来；一级公路运输车转向轴坏了，王瑞铨马上画图，到修理营干一个通宵把车修理好了；发射阵地办公桌很少，余梦伦同志掀起自己的被子，在床板前坐小马扎，用手摇计算机进行运算。

试验队的任爱华听说孩子病了，心疼得哭了。可当领导问她："你要回京吗？"她说："不！"有的同志孩子或爱人病重住院不能回去护理；有的老人病故，不能回去料理后事；有的年轻同志推迟了婚期，坚守在岗位上……

此时的戈壁，滴水成冰。发射架和勤务塔没遮没挡，北风刮来，飞沙走石，寒风刺骨。同志们每天迎着朝阳以寒风为伴，送走晚霞与星斗为伍，一干就是七八个、十几个小时。

12 天中，16 名同志冻病了，领导劝他们休息，却没有一个人下火线。在零下 12 度的情况下，有的同志为了保证测试顺利进行，竟把自己的皮大衣脱下来盖在仪器上，照常工作。

在发射场的 40 多天里，试验队把团结协作的精神发挥得淋漓尽致。那时基地还没有电视，文化生活很单调，可是大家过得很充实。大家天天唱着《团结就是力量》，工作中不分彼此，不争主角配角，与基地同志密切配合，困难留己，方便让人。

一时没有工作的同志主动到食堂帮厨。食堂的同志在当时主副食供应匮乏的情况下，千方百计改善伙食，使大家吃饱、吃好。一有加班，就送饭到阵地；一有病号，就把饭送到床前。在这天寒地冻中，总叫人感到心中像有团火一样温暖。

在振动箭试验中，先后做了 28 种状态下的 43 次试验。基地发射团的同志说："你们讲怎么干，我们都支持。"试验队要人给人，用车给车，处处给予方便。同志们通力合作，用一天时间改装完急需的短路器。试验队与基地同志一起，用旧机壳一个上午做好控制器。

上海的同志听说火箭上仪器急需保温，马上送来保温被。在基地发现问题向北京求援，后方马不停蹄、昼夜突击，用飞机运到靶场。前后在空中紧急运输12个架次，得到了空军的大力支持。

在40多天的并肩战斗中，基地在人力、物力、食宿、通讯、文化生活等方面给予大力支持，情如鱼水。

后来，国防科委马捷副主任在总结会上这样说道：

> 试验队在东风靶场表现很好，大家团结得像一个人一样。正是由于这种充满社会主义精神的大协作，才有火箭腾飞、卫星上天的辉煌胜利。

为了保证火箭质量，出厂前科研人员就发现和解决了600多个问题，按说到达靶场的箭应该是没有问题了，但试验队的同志们却没敢这样想，因为"十一·五"的教训太沉痛了！

大家把周恩来"严肃认真、周到细致、稳妥可靠、万无一失"的教导铭记在心，工作中"严"字当头，严于律己，不放过任何一个疑点。他们多次发动群众开展事故预想，把预想中提出的问题和建议300多条汇编成册，下发每个小组，要求对一切可能带来危险的蛛丝马迹弄个水落石出，直至得到明确结论和排除隐患为止。

在 42 天里，试验队又先后发现并排除了 97 个问题，更换了各种仪器 43 台件，平均每天有一件。问题这样多，的确是坏事，但能把隐患找出来，消灭在地面，使这次发射获得成功，坏事变成了好事。

为了更好地发射，试验队还对发射的安全问题做了充分准备。从接到任务那天起，试验队就把安全质量摆到一切工作的首位，纳入试验工作的全过程，做到安全工作与试验任务同计划、同布置、同检查、同评比。

为了保证试验队员和产品、仪器安全，试验队配备了专职保卫干部和技安干部。

各试验小组设立了兼职安全员，制定了安全员岗位职责和专列行军、产品装卸、火工品及特种燃料运输、储存、使用制度、测试和试验操作规程，制定了保密规定以及食堂管理卫生要求，在整个试验中，没有发生任何事故。

试验队发扬了高度的纪律性，做到"一切行动听指挥"，一切操作按规程进行。

正是因为大家严守纪律，照章办事，行动统一，步调一致，才保证了这次发射任务的圆满成功。

此外，发射场还对产品进行了多次地面试验。比如为了摸清箭体和火箭控制系统的抖动频率范围及对飞行的影响，用另一枚火箭和配重星在发射台上进行加注与空箭等多种状态下的抖动试验，虽然试验的结果证明不会影响飞行试验的成功，技术人员仍做了认真的分析研究，并采取了相应的安全措施。

在对产品进行千遍万遍的测试检查工作的同时，各有关系统也都展开了扎扎实实的准备工作。诸如发射程序的拟制，气象条件的拟定和天气预报的准备，发射窗口的选择等，使各个系统始终处于良好状态。

在对卫星和火箭进行检测的过程中，卫星发射中心形成了浓厚的学术气氛，出现了为排除故障而加班加点努力工作的良好势头，过去的好传统重新被找了回来。

由于第一次发射失败，返回式遥感卫星的地面测控系统没有得到考验。为了实现"抓得住，跟得上，回得来"的既定目标，发射中心从9月份就开始了紧张的准备工作。

到10月下旬，分布在全国的10多个测控台站都完成了设备检修、站内调试和计算程序的编制等任务，共进行了4次站间联试。从10月15日开始，又分别进行了有关台站参加的卫星入轨段和回收段的模拟跟踪演练和4次校飞。

通过一系列演练，锻炼了队伍，考验了设备，指挥员做到了心中有数，操作人员技能熟练，测控设备状态良好，通信联络畅通无阻，保证了卫星入轨段、运行段的跟踪、测轨、遥测和测控工作的正常实施。

11月9日，在发射中心直接领导试验任务的国防科委副主任马捷向参试人员传达了张爱萍的要求：

> 兢兢业业，戒骄戒躁，提高警惕，一丝不苟。

操作人员以严肃认真的科学态度，从可靠性入手，把握测试过程中的各个主要环节，顺利完成了技术阵地的水平测试工作。

面对返回式卫星首发失败，中国人没有停止探索的步伐，而是牢牢地记住了这个深刻的教训。经过将近一年时间的努力，科研人员终于重新拿出了一个质量可靠的产品。

中国的返回式卫星，即将飞天！

三、发射成功

- 1975年11月15日,技术人员将星、箭转运到发射阵地。

- 在北京,叶剑英高兴地一边看着返回式卫星拍摄的照片,一边对大家说:"偏远了400多公里,没什么要紧嘛。我们第一次回收卫星,能落在中国大地上就是胜利!"

- 张爱萍在诗中写道:"长征万里遣尖兵,巡行太空战鬼神。力争朝夕越艰险,获锦归来举世惊。"

返回式卫星准确入轨

1975年11月15日，技术人员将星、箭转运到发射阵地。

发射团的指战员们经过10个昼夜的连续奋战，圆满完成了对接任务和发射前的各项检查测试工作。

11月24日，卫星发射试验队临时党委根据试验准备工作进展情况，建议于1975年11月26日发射卫星。试验领导小组负责人徐明、任新民、石荣屺、吴鹏联合签署了"发射任务书"，经国防科委批准，开始对火箭进行推进剂加注，待机发射。

1975年11月26日，天气晴朗，连一向凛冽的戈壁寒风也停止了。科研人员一年刻苦努力的成果静静地矗立在发射台上。银白色的箭体在阳光的照射下发着刺眼的光芒。

11时30分，随着发射指挥员"牵动"、"开拍"、"点火"的口令，"长征－2"号运载火箭底部喷出橘红色的火焰，随着"轰隆隆"的震天动地的响声，火箭拔地而起，携带着返回式遥感卫星冲出大气层，飞向太空。

各个监测站点依次传来消息：

　　　　火箭飞行正常！
　　　　遥测设备捕获目标！

> 遥测跟踪正常！
> 外测跟踪正常！
> 卫星飞行正常！
> 星箭分离正常！
> 卫星准确入轨！

火箭在空中完成了关机、二级点火、分离等一系列动作后，把卫星送入了近地点高度173公里，远地点高度483公里，轨道倾角63度的预定轨道。

返回式遥感卫星发射成功！

从第一颗人造卫星"东方红－1"号上天，到第一颗返回式卫星进入太空，是中国航天的一个意义重大的里程碑。

此刻，全体参试人员在欢呼第一个回合胜利的同时，更加热切地期待着卫星飞回祖国大地的喜讯。

把卫星"送上去，收回来"是中央专委的要求，是这次飞行试验的目标。

美国的"发现者"卫星从1959年开始发射，除因运载火箭的故障所导致的失败外，仅以入轨的卫星计算，是在经过7次失败后才成功回收卫星。我国能否在这次飞行试验中一举突破卫星返回这一难关，是全体研制人员和参试人员最为关注的问题。

按照预定计划，卫星在空中要运行3天，将于11月29日返回地面。大家都在热切地等待着卫星返回的好消息。

卫星异常有惊无险

"长征-2"号运载火箭将返回式卫星送入轨道后，基地测控系统实时跟踪，准确测量，迅速处理数据，很快得到了星箭分离的时间，卫星入轨几分钟即计算出了初轨根数。

王盛元立即从测控中心报告了北京指挥所。

当天，钱学森和马捷等测控中心人员马不停蹄，乘飞机从发射场赶到了渭南。卫星上天后，主战场便由东风场区移到了这里。

这是中国开天辟地头一次回收卫星，上上下下都极为关注，大家全都将心提到了嗓子眼。

事有凑巧，就在钱学森一行下了飞机，刚刚走进测控中心之际，已经运行了几圈的卫星突然出现了一种不祥之兆。技术人员报告说，遥测数据表明，卫星上气压下降，卫星处于不正常的危险状态。

这是一个致命的故障！

钱学森事先不是没想到卫星发射的种种波折，但他没料到刚进测控中心的大门便得到了这样的消息。

为了保障卫星运行3天和进行姿态控制，返回式卫星上装有专门的气源瓶。如果按现在这种情况发展，气压下降过快，唯一的选择只能是提前回收。

可是，这颗预定在天上运行拍摄 3 天的卫星，到此时才运行了不到一天的时间，刚打上去就收回来，空中拍摄计划显然就化为了泡影。而如果不提前回收，则要冒卫星因失去气压不受控制的风险，这更是大家不愿面对的。

众人各抒己见，讨论了半天，决心难下。

"我看，就先按王恕副部长的意见，让卫星再运行一圈看看情况如何，"钱学森听了一会儿讨论，转向正擦着汗的副参谋长郝岩，"让轨道计算组再仔细分析一下，看看按现在这种情况还能维持多长时间。如果真要提前回收，最好赶在今天的最后一圈回来。"

轨道组组长祁思禹立即根据有关数据进行了计算和分析。来到指挥大厅汇报计算结果时，祁思禹见钱学森用一种审视的目光紧紧盯着他，心里不禁有些发毛。

"计算结果如何？卫星到底还能不能坚持？"钱学森有意放缓语气问道。

"能坚持！"祁思禹非常明白他现在所说的每一个字的分量，他更知道，在这种关键时刻，含糊其词是绝对不允许的。

"你凭什么能保证不出问题？"钱学森要的不是别的，而是严谨可靠的科学依据。

"凭什么？"祁思禹愣住了，但他很快就一掀军帽，坚决地说，"就凭我这一脑袋白头发！"

大家看着祁思禹，一时都没人说话了。

"从气压曲线下降的情况分析，后面几圈的下降有减少的趋向，我们认为这是卫星在调整姿态时发生的现象，"祁思禹胸有成竹地说出他的理由，"这种情况可以通过指令控制卫星，并使气压继续维持下去。"

按照这个分析，专家们又经过慎重研究，最后向北京做了汇报。专家们在报告中说：卫星可以维持一天时间，建议第二天再考虑提前回收。

但是，卫星入轨后的第二天，传回来的遥测数据不仅没有缓解人们紧张到极点的心情，反而使这种气氛更显得惊心动魄。

一开始，测控人员非常担心卫星气压下降过快，导致最后失控，但等卫星运行到将近10圈时，气源曲线却又几乎停住不动了。

到这一天最后一圈时，气瓶压力仍保持了原先的数值。不可思议的是，星上其他数据都很正常，地面设备向卫星下达的各种指令也正常完成，星上反应非常灵敏。

测控人员已经冒着很大风险让卫星坚持运行了一天，没想到第二天，竟又出现了这样一种新情况！

面对卫星气压方面的异常资讯，究竟是继续维持运行还是提前回收？指挥部紧急召开会议，研究这一情况。

讨论中，有的专家认为既然卫星气源曲线显示异常，就不应该继续冒险，卫星已经基本完成了拍摄任务，现在回收还来得及，否则的话，万一出了什么差错，就势必导致前功尽弃，悔之晚矣！

"我看可以按原定计划继续运行。"祁思禹反对第二天提前回收，他梗着脖子说，"气压下降过快是不正常的，现在运行快两天了，气源曲线又显示不动了，这更不正常。从目前得到的数据判断，很可能是气压瓶的数据传导系统在捣乱，而实际上卫星气压并没有什么大的问题。"

其他几位专家当即对祁思禹的这一分析表示赞同，因为卫星到现在除了气压显示有些波动以外，其他各个系统的运转都处于良好状态。

于是，指挥部决定按计划进行。

迎接卫星返回地球

1975年11月29日，卫星在轨道上运行了3天，各个系统工作正常，完成了对预定地区的遥感任务。最后决战的时刻终于来到了。

10时许，在渭南测控中心的指挥大厅里，已经坚守了三天三夜的测控人员格外忙碌，指挥员正在下达着各种控制指令。

分布在全国各地的10多个测控站，开动数百套测控设备，牢牢跟踪着卫星，紧张地测定了大量数据，并向卫星下达着各种控制指令。

此时，分布在秦岭山区、黄土高原、长白山麓、鲁豫平原、大江两岸、南海前哨、世界屋脊、戈壁大漠的数百台测控设备，都以锐利的"目光"，紧紧盯着在太空飞行的卫星，测下了它在每一瞬间的速度、姿态和方位。

在卫星返回前的一圈飞经长春和胶东两个测控站时，测控中心即根据实测到的卫星轨道数据，准确计算并预报了卫星调姿指令和两舱分离指令的时间。

当卫星运行到第四十七圈，从苏联上空进入中国上空时，设立在新疆台的前置活动站准时发出了卫星返回调姿遥控指令。这时，地面遥测参数表明卫星调姿正常，卫星已经驯服地按顺时针方向转动了100度，头部朝向地面，做好了脱离运行轨道的准备。

当卫星完成调姿动作后，设在甘肃的活动测量站又向卫星发出了"两舱解锁"的指令。分离火箭接令点火，将仪器舱和返回舱成功分离，同时启动了返回系统的程序时间控制器。

返回系统的程序时间控制器准确启动，返回舱舱体起旋，稳定回收姿态。这时制动火箭点火工作，在火箭推力的作用下，返回舱进入返回轨道。

在测控中心的控制室里，可以从函数记录仪描绘出来的曲线上看到，返回舱正离开运行轨道，缓缓沿着向下倾斜的轨道向地面下降，这预示着卫星很快就要返回祖国大地了。

在这最后考验的紧急时刻，指挥员准备喊出最后的卫星开伞指令。然而，就在这时，一个更大的险情猝不及防地呈现在大家眼前：测控中心的主副两台电脑出现了互相矛盾的异常显示，一台显示要发出时间音叉指令，另一台却显示要切断这个指令。

时间音叉指令是卫星安全返回地面前的最后一道指令，这个指令发出的时间既不能早，也不能晚。卫星什么时候抛掉外壳，打开降落伞，什么时候依次打开小伞、副伞和大伞，靠的就是时间音叉指令，可现在另一台电脑却偏偏与之相左，这着实令测控人员左右为难。

卫星返回地面时的速度是非常快的，如果在时间上相差5秒钟，落点就会偏差40公里，而返回点的速度方向角如偏差一度，落点航程就会偏差 300 公里。地面遥控和卫星上的程序控制必须做到准确无误，否则卫星既有可能落到回收区外，又有可能摔得粉身碎骨。

仅在 1959 年，美国的数次发射中，就因为胶卷舱弹射程序出现故障而导致了几次失败。

1959 年 4 月 13 日，"发现者二号"飞到第十七圈时，按计划进行了关键的胶卷舱弹射，但由于人为误差，弹射指令发出时间稍稍早了一点，致使胶卷舱落到了挪威北部离苏联边境不远的地方。

1959 年 11 月 20 日，美国"发现者八号"在接受指令打开降落伞时，地面人员发现这一次分离的时间倒是不早，却又晚了一些，胶卷舱不知飘落何处，令美国人十分沮丧。

至于苏联，在这方面的事故更是不堪回首。

1967 年 4 月，科马罗夫驾驶"联盟号"飞船升上太空，这是苏联雄心勃勃的登月计划中的一部分。但就在科马罗夫驾驶飞船返回时，由于回收舱的主降落伞没有打开，备用伞也出了问题，以致飞船着地时的速度达到了每小时 150 公里。

当时美国设在土耳其的监听站记录到了"联盟号"飞船高速撞向地球时，科马罗夫极度痛苦的惨叫声。在飞船残骸附近，人们挖掘了一个多小时，才找到了科马罗夫的遗体。

苏联同美国展开的登月竞赛亦因此宣告失败。

如今，中国的测控人员也面临着类似的危险，这两台电脑相互冲突，究竟发不发开伞指令？

更要命的是，此时离卫星飞出中国上空，脱离观测段只剩15秒钟的时间了！

西安卫星测控中心高级工程师祁思禹，根据平时练就的一套过硬本领和丰厚的专业学识，迅速计算出最佳开伞时间，立即冲进指挥大厅，脸色苍白地大叫一声：

发！

在那一时刻，许多测控人员都提心吊胆，出了一身又一身的冷汗，多少年后他们仍然记忆犹新的。

后来事实证明，测控人员下达的"切换"口令是适时的。计算机显示正常了。顿时，人们心花怒放，互相握手祝贺。

卫星回收眼看就要成功了。8年来，为了我国第一颗返回式遥感卫星辛勤操劳的人们日思夜想的这一刻，终于就要来到了。

顺利回收落地卫星

1975 年 11 月 29 日一大早，所有准备进行回收工作的人员都在四川遂宁紧急待命。这一天，全国 103 条通信线路全都集中在卫星返回的所有资讯上，数十万民兵在南方广阔的地域内时刻注视着天空。

卫星回收区原先是定在昆明与安顺之间的。勘察组反复比较后，认为那里的回收条件不太好，如果卫星返回时略有超前，便会落到国外，而且那里的北盘江一带地形复杂，山高沟深，多有不便。

而四川遂宁地区属于低丘地带，机动范围大，交通也相对便利，并能满足卫星在返回前的一圈运行中飞经中国上空的条件，勘察组最后就确定将这一带作为返回式卫星回收场区。

11 时，在贵州凯里地区某煤矿，4 个采煤工正在井沿上你一句我一句说笑，忽然一个大火球从天而降，一个圆乎乎的大家伙从天空飞落下来，"刷啦啦"一声，将一棵大松树巨大的树冠一扫而光，接着蹦落在地。

4 名矿工吓得马上钻进矿井，生怕从天上再掉下个大火球砸到自己脑袋上。大家谁也不知道怎么回事，等了好大一会儿，看没什么动静了，一个胆大点的矿工慢慢探出头来看看。

还好，天没有塌下来，大火球也慢慢黑了。不过矿工们还是很害怕，怕万一那个黑了的大火球再忽然来个爆炸怎么办。4个人又等了很久，见黑了的大火球还是一动没动，完全是一副死老虎的样子。

4个矿工小伙子仗着年轻气盛，互相鼓励着从矿井中钻出来，围着黑了的大火球绕了一圈。黑了的大火球还是连动也不动。终于，他们几个人看清里面好像有一些东西摔了出来。

有个矿工拿起一块石头扔了过去，听到了"当"的一声金属响，看样子是个无声无息的铁家伙。4个矿工商量决定，一个人去报告领导，留3个人看守，虽然现在这个家伙不动声色，万一蹦起来，人少了可不好招架。

一定不能让这个铁家伙跑了，万一这个铁家伙要跑，留下的3个小伙子还是可以对付一阵的。

发现"天外来客"的消息很快一级一级报了上去。

18时，国防科委指挥所通告：贵州省军区在六枝盘公社坡了大队发现一空降物，已派民兵保护现场。

回收人员火速赶到卫星降落地点，准备对返回舱实施回收。

这时4个矿工这才知道从天而降的铁家伙原来是一颗卫星！

当回收人员来到现场的时候才发现，对这个天外回来的宝贝疙瘩毫无办法。原来是设计卫星时没有设计挂钩，所以也没有办法把这个硕大的圆疙瘩从稻田中弄出来。

正在一筹莫展的时候，坐在山坡上看热闹的一个老大爷出了个奇招，用两根长木头杠子把卫星夹住，众人像抬轿子一样，硬是用人工把卫星抬到了汽车上。

卫星被安全护送回去以后，科学家们作了仔细地检查。经过检查发现，卫星在太空拍摄胶卷的黑匣子完好。

中国第一颗返回式遥感卫星终于顺利地走完了上天、入轨、遥感、返回的全过程，回到了地球。

在卫星开始返回地面时，经计算，轨道预报落点在东经105度33分30秒，北纬26度25分，估计偏远了400余公里。

在北京，叶剑英高兴地一边看着返回式卫星拍摄的照片，一边对大家说：

偏远了400多公里，没什么要紧嘛。我们第一次回收卫星，能落在中国大地上就是胜利！

返回式卫星发射成功的新闻公报送到毛泽东那里时，他已经因患有严重的老年白内障，看不太清楚字了。这以前，他曾5次审阅过有关返回式卫星的飞行试验报告。现在从报告到公报，所走过的漫长路程虽然充满了艰辛，但毕竟是非常鼓舞人心的。

毛泽东以几年来少有的高兴心情，让秘书人员给他一字一句念着公报，对一些字句做了修改，随即签发了

• 发射成功

公报。这是毛泽东最后一次签阅有关尖端科技试验的新闻公报了。

1976年5月,毛泽东又批准了继续进行返回式卫星飞行试验的计划。

中国的第一颗返回式遥感卫星虽说不是很完美,有点偏差,但总算基本回收成功了。通过这颗卫星的成功回收,我国获得了大量的遥感探测资料。

自从卫星上了天,研制人员的心情时刻都是紧张的。发射前,大家担心卫星能不能成功发射;入轨后,又担心卫星能不能正常工作;顺利运行了3天后,大家又要为卫星能不能正常回来而紧张。当卫星从九霄云外转够了圈,顺从地按地面发出的指令返回到地球的预定位置时,大家的高兴劲儿真是没法形容了。

在返回式卫星回收指挥室里,孙家栋等指挥设计人员听到卫星安全落到地面的报告后,都激动得欢呼跳跃。

在指挥室坐镇的张爱萍紧紧握着孙家栋的手,当听到进一步的报告后又高兴地拥抱了孙家栋。

这时,孙家栋即兴向张爱萍提出:"张主任,你不给大家写首诗庆贺一下?"

张爱萍顿时用浓厚的四川口音说道:"好哇,要得!"

当工作人员拿来笔墨纸砚后,张爱萍一边润笔一边思考,片刻便挥洒写出《欢呼长征火箭发射尖兵卫星首次回收成功》。

诗中写道:

长征万里遣尖兵,
巡行太空战鬼神。
力争朝夕越艰险,
获锦归来举世惊。

孙家栋看着"获锦归来举世惊"的诗句,眼睛湿润了。他被张爱萍的胆略和情怀所感动,他为卫星首次返回获得成功而激动。

20多年后的一次聚会上,孙家栋又回忆起了这件事,他非常遗憾地说:

当时大家的兴致都很高,诗写好后大家都在那里围着朗读,因为有事我走开后不知道谁收起来了,诗本来是写给我的,而我也仅仅是欣赏了一眼却根本没有得到。

后来,不知张爱萍怎么听说了这件事情,在他88岁高龄那年,又专门写了"遨游太空"四个大字送给孙家栋,以表对孙家栋这位当年卫星总设计师作出的杰出贡献的褒奖之意。

四、再创辉煌

● 闵桂荣院长说："我国的空间技术和发达国家相比有不小差距，我们稍有懈怠，差距就会加大，将来赶就更困难了，这种愧对子孙的事我们绝不能干！"

● 着陆场站齐站长说："同志们，我们现在是在跟卫星赛跑，就是天上下刀子，也必须按时到达虎头山。"

● 中国航天科技集团公司总经理张庆伟说："用中国人自己生产的卫星把孩子们的实验完成，实现他们空间科学探索的美好愿望。"

发挥优势开创新天地

1985年底,闵桂荣出任中国空间技术研究院院长。或许他的任职早在人们意料之中,或许他本人缺少传奇色彩,这次院长易人并没有在研究院引起大的反响。

闵桂荣是我国著名工程热物理学及空间技术专家。他1933年出生于福建莆田。1952年毕业于莆田市第一中学,1956年毕业于南京工学院,即现在的东南大学。

后来,闵桂荣赴苏联留学。1963年,从苏联科学院动力研究所热物理学研究生毕业,获苏联技术科学副博士学位。20世纪60年代起,长期从事空间技术的研究和发展工作。在航天器热控制方面,负责完成了我国多种人造卫星的热控制任务,并在航天器热控制理论、方法和技术方面做出系统和创造性的成就。

在卫星总体研制方面,作为主要技术负责人之一,参与领导完成了我国第一颗人造卫星和多颗返回式卫星的研制和飞行工作。20世纪90年代,担任国家"863计划"航天领域专家委员会首席科学家,组织领导我国未来航天创新技术的研究工作,完成了大量的创新的科研成果。

闵桂荣中等偏瘦身材,不改的乡音,一看便知道是南方人。他性情内向,不善辞令,但不乏刚毅与果断。

他宽宽的前额下，一副眼镜平添了几分书生气。从外表看，他更像一位学者，一位科学家。他正是从一名专家走向领导岗位的。

中国实行对外开放后，闵桂荣是第一个在国际学术会议上发表论文的中国航天专家，他的论文在当时引起了不小的轰动，得到与会者的高度评价。

闵桂荣从1965年起踏上领导岗位，先后担任过研究室负责人、卫星总体设计部副主任、主任和空间技术研究院副院长。1985年，闵桂荣又当上中国空间技术研究院院长。

他虽然表面上不动声色，心里却似乎有一团火在燃烧，烧得他寝食不安。党把拥有1800多名研究员、高级工程师和2000多名工程师在内的一万多名职工的航天器研制单位的帅印交给了他，他能轻松吗？

这时的中国空间技术研究院形势不容乐观。进入20世纪80年代，随着国民经济结构的调整，国家逐年缩减指令性研制任务，到闵桂荣上任之时，科研经费不足的矛盾已经日渐突出。

同时，由于航天技术在我国鲜为人知，社会上的知名之士还存在不少误解，研究院内也众说纷纭。一部分干部、职工认为，搞航天产品风险太大，弄不好闹个"赔本赚吆喝"，还不如搞民品来得实惠。一时间，议论丛生，人心浮动。

很显然，我国的空间技术还要不要发展，研究院还要不要花主要精力研制卫星，已经成为矛盾的焦点之一。闵桂荣强烈地意识到，这个问题不解决，研究院的所有工作都无从谈起。他要求全院职工，特别是干部和技术骨干，统一思想，统一认识。

闵桂荣本人则几乎在所有会议、各种场合上，都不厌其烦地宣传我国航天事业的巨大成就，宣传发展航天事业对整个民族的紧迫性。他天生不具备宣传家的素质，但一谈起这些，他的话就会带着灼人的热度，滔滔不绝地从胸腔里奔泻而出，使人坐立不宁。他说：

> 航天技术是带头学科，国民经济发展需要它，国防建设需要它，它关系到我国的国际地位和民族的长远利益。经费再少，利润再小，困难再大，我们也要花主要精力搞航天技术，这是研究院立院之"本"，失去了这个"本"，研究院就失去了存在的意义！
>
> 我国的空间技术和发达国家相比有不小差距，我们稍有懈怠，差距就会加大，将来赶就更困难了，这种愧对子孙的事我们绝不能干！
>
> 我国空间事业10多年的成就有目共睹，我们不能因为有人说三道四就底气不足，也不能因一时经费紧张就打退堂鼓！

这样的话，闵桂荣不仅和他的助手讲，向所、厂领导讲，与工程技术人员讲，还向应邀来院参观、视察的领导和有关人士讲。为了在院内外创造一种有利于中国空间事业发展的气氛，为了求得上上下下的支持，闵桂荣真可谓不遗余力。

"大道理"无疑起到了焕发斗志、稳定军心的作用。但科研经费严重不足毕竟是现实。如何运用国家有限的投资，创造较高的经济和社会效益，加快空间技术的发展速度，需要找一条新途径。

闵桂荣着手研究院内部运行机制的改革了。

和那些大刀阔斧、新招迭起的改革者不同，闵桂荣看来更谨慎、更细致、更周密些。他深知，改革是一项复杂的系统工程，一着不慎就可能导致无法挽回的损失。他宁可在改革方案出台前绞尽脑汁，也不愿在遭受挫折后浪费精力。他和他的助手们对每个改革方案、改革措施，都在进行反复讨论、多次研究、广泛征求意见后，再付诸实施。实施过程中，还不断根据实际情况加以补充、完善。

几年来，研究院以"经济技术承包责任制"为龙头，进行了配套改革：实行所长、厂长负责制、任期目标责任制和任期终结审计制，同时理顺党、政、工之间的关系；下放权力，所、厂有经营自主权、机构设置权和工资分配形式决定权；开发性科研事业单位试行企业化管理，收益上交包干；推行从所、厂到科室直到班组的单位内部经济技术承包责任制，明确责权关系，实行全面承包；行政后勤部门向经济实体过渡，实行有偿服务。

这些改革措施刚刚实行时也并非一帆风顺，叫苦连天者有之，发牢骚讲怪话者有之，冷眼旁观者也有之。而闵桂荣却铁了心，不管有多少泥泞，都要把研究院的车轮推到改革的大路上。

经过闵桂荣几年的不懈努力，全院职工的观念发生了很大的变化，本来大家都只眼巴巴地盯着盛在"金饭碗"里的那点"皇粮"，现在呢，很少有人能坐得住了。走向社会，走向市场，中国空间技术研究院的干部职工，在军工行业第二次创业的路上开始起步。

搞军品的人，思想也在变化，他们开始珍惜每一粒"皇粮"。闵桂荣院长一再强调的"质量第一"的思想变成了各级领导和科技人员的自觉行动，"缩短研制周期，降低成本"成了大家努力的目标，一批青年技术力量加入了军品队伍，其中一部分已成为骨干分子。

一支精悍的队伍逐渐形成，他们尽最大努力使每一粒"皇粮"都放出最高的热量。因此，到1988年试行院长负责制时，闵桂荣反而从容多了。在他上任后的两年多时间中，已有5颗卫星发射成功。

20世纪80年代初，中央为军工部门制定了"军民结合，平战结合，军品优先，以军养民"的方针。一时间，在国民经济建设中具有人才、技术、设备优势的各国防军工单位，开始把工作重点转入国民经济主战场。开发民品，发展商品经济，在国防科技工业战线叫得越来越响。

叫得响不一定走俏。闵桂荣上任后发现，虽然大家都强调发展民品重要，也羡慕那些捷足先登者，但科技人员中真正愿搞民品的并不多。许多人宁可把住军品"金饭碗"碗沿抢一勺稀粥，也不愿靠自己的本事到民品市场上挣一碗干饭。

调查发现，影响科技人员开发民品积极性的一个重要原因，是一些人担心搞民品会影响职称评定、级别晋升等。为此，院制定了军民品队伍在技术职称评定中一视同仁，民品开发中贡献突出者也可破格提拔的政策，并规定了有利于调动开发人员积极性的分配和奖励政策。

调查还发现，一些领导干部由于思想观念仍停留在产品经济的框子里，影响了一些单位的民品开发工作。

1987年，在闵桂荣的支持下，全院开展了社会主义商品经济教育，要求干部职工从"经院式"研究和产品经济的窠臼中跳出来，摒弃重研究轻实际、重理论轻应用的旧观念，面向国民经济主战场，加速科技成果商品化，学会在商品经济的海洋中游泳。

在有关部门组织的商品经济理论讲座上，闵桂荣每次都坐在最前排，聚精会神地听着、记着。接着，闵桂荣又大力推广五〇八所十室的经验。

这个室曾利用研制卫星钟表机构的技术优势，研制开发出国家急需的"雄鸡牌"洗衣机定时器。经过几年艰苦创业，他们走出了一条开展横向技术合作开发民品的成功之路，形成了以该所科研设计为龙头，联合全国10多家企业共同开发生产洗衣机定时器的专业生产集团。年产值由1984年底的20万元猛增为1987年的2000万元。

1988年院工作会议上，闵桂荣在向全院各单位推荐五〇八所的经验时指出：

> 空间高技术转入民用领域应当坚持一个指导思想，那就是利用技术优势发展相关民用产品，走横向联合的道路，加速卫星单项技术向民用的转移。

闵桂荣还说："我们院建院20年来先后获得过700多项科研成果奖和600多项技术革新奖。其中包括自动控制技术、遥感技术、温控技术、计算机技术、精密加工技术、特种技术工艺和新型材料技术等方面的成果。如果这些能推广应用于民用部门，将会给研究院创造巨大的经济效益。"

政策教育、思想教育和典型引路"三管齐下"，加上不断完善的经济技术承包责任制，放活了一大批"等、靠、要"的科技人员，给研究院裹足不前的民品生产注入了活力。

几年中，研究院的民品开发有了大的起色，形成了一批支柱产品，并开始承揽各种技术工程项目。其中，五〇四所的医用 X 光电视填补了国内空白，产品销售占国内市场的 65% 以上，已经出口创汇。

五〇八所牵头成立的洗衣机定时器生产集团在国内洗衣机行业中占有举足轻重的地位，全国有 15 家洗衣机厂家使用"雄鸡牌"定时器。

五〇二所的 STD 总线以其完美的设计、齐全的品种和超群的性能蜚声国内计算机行业；五二九厂开发的化工、电站大型工程测控系统，吸引了国内许多用户，在"引黄济青"工程中，他们厂的方案在几十家竞争者中一举夺魁。

如果说，大力加速卫星单项技术商品化，是闵桂荣关于"天地结合"的指导方针之一的话，那么大力开发与卫星配套的地面设备，就是他"天地结合"方针之二了。

闵桂荣认为，空间技术研究院由于对卫星的性能、技术指标了解最清楚，在开发与卫星配套的地面设备方面有得天独厚的优势。因此，他反复宣传这一"天地结合"应当成为研究院的主要方向。

1988 年，当他得知有关部门正在为建立气象卫星接收站进行招标时，立即指示院机关组织强有力的技术阵容参加投标，结果得到了标的为 3000 多万元的大项目。

与此同时，各种卫星数据站、通讯站、电视接收站和转发站、气象云图接收站的接收设备、导航设备等开始在各有关厂、所研制。

1988年9月，我国第一颗实验气象卫星"风云–1"号发射成功，五二九厂研制的高分辨气象云图接收设备清晰地收到了这颗卫星发回的大气云图。

1988年，研究院的民品开发跃上了新台阶。面对全院上下几年努力的成果，闵桂荣好像听见了阵阵急促的脚步声，看见了一个个忙碌的身影。他们在各地开出了高科技之花，又让花儿结出高效益之果。

这一切在闵桂荣看来还仅仅是开始。他又在谋划着、思考着如何贷款和利用外资建立支柱产品生产线；如何整顿现有公司，使它们成为开发、销售民品的重要方面军；如何发挥全院综合技术优势，承揽较大规模的工程项目……

闵桂荣关于"天地结合"的指导思想，正在并将继续指导研究院在民品开发中创造一个新天地。

返回式卫星走出国门

自从闵桂荣担任中国空间技术研究院院长以后,他就把眼光瞄准了年交易总额高达数十亿美元的世界航天市场。几年来,他一直耐心等待时机,寻找突破口。

1986年,第一次机会来了。

急于进行太空试验的法国马特拉公司,表示了愿意使用中国的返回式卫星平台进行搭载试验的意向。闵桂荣意识到这是一个稍纵即逝的绝好机会,他没有片刻犹豫,当即写报告呈送航天部。

上级批准后,闵桂荣一方面组织人员与马特拉公司进行实质性谈判,一方面督促有关单位做好各方面的准备工作。

1987年初,就在闵桂荣积极组织科研人员,准备用中国的第十颗返回式卫星搭载法国的微重力试验箱的时候,中国的半导体专家林兰英等科学家表示,希望能在返回式卫星上进行砷化镓单晶生长试验。

这让闵桂荣为难了,当时卫星的进场日期已定,在状态已经确定的情况下要增加有效载荷,卫星整体就要做状态变动,布局也要改变,而挪动其中任何一个位置,都有可能导致整星失去平衡。

尤其是做砷化镓单晶试验用的晶体加工炉,里面的温度高达 1200 度，卫星带着它就像带上了一个随时可能发生不测的"小炸弹"。

然而，中国科学家们的试验实在太重要了，当时世界上还没有任何国家能在空间微重力条件下的卫星中进行过砷化镓单晶生长试验。如果试验成功，将有很高的学术价值和经济前景。在空间竞争日益激烈的情况下，谁先上天谁就是第一！

究竟是先搭载法国的试验箱，还是中国的试验箱？能不能实现一次性全部搭载？如果一次搭载，能不能在短短 5 个月的时间内实现卫星的改造。闵桂荣一时也想不明白，于是他就找来卫星总设计师王希季进行深入的分析和研究。

作为卫星总设计师，王希季需要回答闵桂荣院长的 3 个问题：

第一，能不能利用我国自行研制的返回式卫星进行微重力搭载试验？

王希季干脆地回答："能！"

第二，能不能在短时间内，即在还有 5 个月就要发射的下一颗返回式卫星上进行搭载试验？

王希季思考片刻后回答："能！"

第三个问题是当时争议颇大的。一种意见认为，如果进行搭载就全部上法国马特拉公司提供的有效载荷，既能赚钱又可打入国际市场。另一种意见认为，应该先上国内的，特别是砷化镓单晶试验，争取世界第一。

王希季的回答却是:"国内国外的,全上!"

卫星总设计师的自信好像让闵桂荣吃了一颗定心丸,也更坚定了他让中国的返回式卫星走出国门,走向世界的决心和勇气。闵桂荣也更加积极地为返回式卫星的发射进行组织工作。

1987年7月,碧海蓝天,凉风送爽,来自四面八方的游人云集在北戴河海滨消夏避暑。在一处幽静的疗养院里,住进了一批特殊的客人,他们是14位在四化建设中作出重大贡献的中年科技工作者,接受党中央的邀请来此小憩。

7月20日,党和国家领导人在北戴河亲切地接见了14位科学技术专家和他们的家属。当晚,中央电视台向全国播发了这条消息。当中央领导同志与这些科技精英一一握手时,人们从荧屏上见到了中国空间技术研究院院长、卫星总体设计及热控专家闵桂荣。

7月21日,邓小平又接见了他们并与闵桂荣合影留念。这是党中央给予中国知识分子优秀代表的殊荣。

闵桂荣从心底深处感谢党的关怀,但他却无法安心地在北戴河疗养。

闵桂荣时刻挂念着改革日益深入的空间技术研究院,挂念着已经奔赴卫星发射基地的试验队。

因此,中央领导同志接见结束后,他便中断了平生第一次的疗养,乘车返回北京。将全院工作安排妥当完毕,他又急匆匆飞往西北卫星发射基地,参加指挥两颗卫星发射的准备工作。

1987年8月5日，也就是闵桂荣抵达发射基地的第十天，我国生产的一颗装有法国马特拉公司微重力试验箱的返回式卫星发射成功，5天后又安全回收。

这次在卫星上进行的砷化镓单晶生长试验获得了极大成功。当这颗卫星的总设计师王希季看到那火炬状的、没有任何杂质条纹的砷化镓晶体时，激动得热泪盈眶。

中国在利用外层空间资源上，终于跨入了世界先进行列。

这颗星的首批国外"乘客"，也理所当然地受到了中国工程技术人员的特殊关照。在北京举行的隆重交接仪式上，法方代表对中国的空间技术、工作效率、中方技术人员的友好合作十分满意。

法国科学家回国后，对试验效果之好感到惊喜。在三十九届国际认可论坛大会上，法国科学家宣布，由于无人干扰等原因，在中国回收型卫星上的试验效果优于利用航天飞机进行的同类试验。

1987年9月9日，离中国第十颗返回式卫星发射成功只有一个月多一点的时间，由闵桂荣担任总设计师的中国新型返回式卫星，在西北大漠上腾空而起，飞向茫茫太空。

8天后，这颗卫星又载着大量科学探测试验数据安然返回地面。当发射基地那紧张、忙碌、劳累、焦灼的40多个日日夜夜过去，人们到车站迎接试验队时，熟悉的人都吃惊地发现，率队归来的院长整个儿瘦了一圈！

闵桂荣这时却由衷地笑了，因为他和他的同志们没有辜负党和人民寄予的期望。

中国返回式卫星的出色表现终于赢得了世界的关注，法国科学家在国际会议上对中国返回式卫星的评价成了对中国空间技术的最好宣讲。果然，1988年，联邦德国MBB公司闻讯而来。这一年，发射的另一颗返回式卫星，再次为外国公司进行了微重力测试，并获得圆满成功。

也是在这一年，中国与联邦德国合作研制的大容量广播通信卫星合同正式生效；中国与巴西合作研制"资源一号"卫星的谈判也进入了新阶段。

第一步算是迈出了，但闵桂荣并未盲目乐观。他深知要在国际航天市场占有一席之地，难度还很大，要想使研究院的创汇能力有根本性变化，就必须付出艰苦的努力。

为此，闵桂荣作了精心的部署，专门建立起情报信息快速反馈系统，以便更迅速地了解国际空间技术市场动向，寻找贸易渠道和合作伙伴。培养外向型经营人才，组建精通技术和外贸的专业班子，专门与外商洽谈生意，承揽工程。狠抓出口和对外合作，尽快完成从学术交流向经济技术合作、从技术引入向技术出口的转变。

功夫不负有心人，闵桂荣的辛劳终于得到了回报。

1988年，恰逢中国空间技术研究院建院20周年，这也是全院引为自豪的一年：这一年，改革日益深入人心；

这一年，有4颗应用卫星试验成功；这一年，全院军民品总产值比上一年提高50%；这一年，"内转外"又迈出了一大步……

1989年，闵桂荣又提出了"以天为'本'，天地结合，走向世界"的工作指导方针。这一方针既是他前几年改革实践的总结，又是他带领全院职工实现"二至三年内达到全院年总产值3亿元"战略目标的行动纲领。

闵桂荣是一个成功者，他和他从事的事业获得了极大的成功，党和国家给了他很大的荣誉。1980年，他被评为航天部劳动模范。1987年被选为"十三大"代表，先后3次作为有贡献的科学家受到中央领导同志的接见。他是国际宇航科学院通讯院士，中国科协常委，中国宇航学会理事。

闵桂荣不是那种叱咤风云、霹雳行空、具有传奇色彩的人物。他有的是冷静的思考，缜密的计划和不挠的个性，其中不乏勇气、魄力和胆识。每走一步，必留下清晰的足迹。这足迹不仅留存在历史常规的路上，同时也联系着更美好的明天。

回收部队跟卫星赛跑

1992年8月9日,我国发射了第十三颗返回式卫星。按照预案,总装驻陕某基地活动测控回收部着陆场站,将在卫星飞行第十五天执行搜索回收任务。

这个着陆场站是我国唯一的飞船和卫星测控回收部队,每次外出转场执行任务,场站都要进行一次大搬家。雷达车、通信车、气象车、电源车、搜索车、生活车浩浩荡荡百余辆,经铁路行军上千公里后,再转公路行军到达指定阵地执行任务。

沿途老百姓看到如同铁流一般的队伍,都会投来惊异的目光。有人曾给这种转场过程起了个名字,叫作"人随卫星大迁移"。

这次中国第十三颗返回式卫星发射,着陆场站又要进行一次大迁移了。

卫星发射前一个月,全站人马就从位于陕西华山脚下的大本营出发,把重达数百吨的装备车辆和保障物资装上专列。经铁路、公路行军1800余公里,来到卫星回收的前沿阵地,四川遂宁航校。

到达目的地后,着陆场站的测控回收人员来不及休息,就迅速地展开了任务准备工作。首先就是要把各种设备卸下车,然后进行设备安装调试。在场站领导的组织和安排下，任务准备工作按计划有条不紊地进行着。

8月17日，天空下着大雨，着陆场站进入与测控中心的最后联调阶段。这时，他们却收到了卫星落点有变，不能返回到预定落区的消息。

指挥部命令：

即日起，主、副站分别转场至遂宁天门坎和潼南两地。

接到命令后，全站官兵二话没说，立即撤收设备，冒着倾盆大雨向新的阵地挺进。遂宁的天气情况十分多变，当地人这样评价遂宁："天无三日晴，地无三尺平。"

潼南阵地坡度45度，高250米，山高坡陡。再加上下雨，路面被雨水冲刷后更是变得泥泞不堪。牵引雷达的装备车重达17吨，平路行车都很艰难，上坡就又可想而知了，何况是雨天。

为了确保设备车辆安全到达坡顶，测控回收人员拿来两条木板，铺出一条双边桥来。车一点一点向坡顶挪动，车轮陷入泥中的时候，几个人就一直抱着石头跟在车后垫。大家前拉后推，喊着号子，硬是把36辆装备车一步一步推上阵地。

然而计划赶不上变化，情况真是瞬息万变。8月21日，卫星预报落点又有了新的变化。着陆场站再次接到指挥部命令：

71小时内紧急转移至南充虎头山，并建立任务状态。

　　接到命令，测控回收人员都有些犯愁。站内有些是20世纪70年代的老解放车，实在是破旧了，官兵们称它们是"看上去龇牙咧嘴，跑起来摇头摆尾，停下来漏油漏水，执行任务托人后腿"。开着这样的车，大家都担心是不是能够准时到达指定地点的南充虎头山。

　　这时老天也好像在故意跟着陆场站作对，雨越下越大。转场时间非常紧迫，着陆场站齐站长迅速向全站官兵作了简短的动员。

　　他说：

　　同志们，我们现在是在跟卫星赛跑，就是天上下刀子，也必须按时到达虎头山。

　　又是一次紧急撤收，又是一次大迁移。装备从250米高的山头上撤下来时已是19时。大家浑身上下溅满了褐色的泥浆，来不及拧一把被浸透的军装，纷纷跳上车，准备又一次强行军。

　　有一位姓曹的司机，当时高烧38度，领导劝他留下休息，但这名战士就是不肯，因为他知道，站里已经没有司机了。最终，他带着38度的高烧从晚上坚持到第二天凌晨，一直把车开到了南充。

第二天凌晨5时30分，官兵们又一次将数百吨重的装备推上了虎头山阵地。架设天线、铺设电缆、检修设备、参加联调。以往需要20个小时完成的任务准备工作，这次只用了10个小时。大家眼窝塌陷了，声音沙哑了，面容憔悴了，还有4人先后晕倒在阵地上。

8月25日，着陆场站终于开始正式执行返回式卫星搜索任务。

"5分钟准备"口令一下达，临战的气氛便笼罩在指挥车内。

突然，从调度中传来指令：

长江注意，黄河无观测数据，无引导数据，长江按照应急预案处理！

对卫星的跟踪就好比一场接力赛跑，雷达引导数据就好比是接力棒。没有接力棒，雷达从哪个方向开始跟踪呢？此时距捕获目标仅剩200多秒。

指挥所里，所有人的目光都转向了齐站长。

齐站长临阵不乱，他掏出计算器，根据最新通报的预报落点迅速验算了一遍，果断地下达了命令：

在预案基础上，扩大方位搜索范围。

雷达操作手突破了方圆 9 公里范围进行搜索的预案设定。指挥所内异常安静，掉根针都能听见，大家都在静静地等待。

突然，站内调度报告：

长江一号发现目标！

长江一号自动跟踪！

声音传遍整个阵地，也传向了西安卫星测控中心。随着"长江一号跟踪结束"的报告，卫星终于落地。预报落点与实际落点仅相差了 225 米。

卫星回收任务成功了，着陆场站的测控回收人员激动地拥抱在一起，汗水和泪水交织在一起。官兵的辛劳终于得到了最好的回报。为此，这个着陆场站荣获了集体二等功。

在几十年的工作中，总装驻陕某基地测控回收部队着陆场站就是这样，时常把自己的小家留下来，把着陆场站这个大家迁去迁回，在大迁移中享受他们着陆场站人特有的生活，实现着他们着陆场站人的价值。

创造一天收发两星的纪录

2005年8月29日，是一个令李延东终生难忘的日子，这一天开创了我国同一天回收一颗、发射一颗卫星的纪录。这一天，李延东负责组织五院试验队在西安卫星测控中心的卫星测控管理工作。

5时，在西安参加卫星测控的全部人员上岗，卫星进行第四一九圈测控，完成了回收前全部操作。

7时15分，卫星运行第四二零圈进入地面测控范围，地面发送遥控指令启动回收程序，卫星顺利完成返回调姿、两舱一次解锁分离、起旋、制动、消旋、二次解锁分离、球底关门、抛盖、开伞等一系列动作。

7时38分，卫星回收舱平稳降落在预定回收区。

按照以往惯例，卫星圆满成功后应当庆贺一下，但这一天的情况却非常特殊。

全体试验队员马不停蹄，又紧接着参加基地组织的03星射前合练。

14时，全体人员又准时上岗，参加03星发射测控任务。

16时，卫星成功发射入轨，星箭分离后通过地面遥控完成规定动作。

17时30分，完成卫星第二圈测控，并通过遥测参数确认卫星工作状态正常。

至此,李延东紧绷了一天的神经终于松弛下来,他心中充满了抑制不住的喜悦之情。晚餐时他和试验队员们纷纷举杯庆贺,尽情表达着内心的欢乐。

23时多,卫星总师唐伯昶带领人马从酒泉乘转场飞机赶到测控中心。

在听取了李延东等人所作的情况汇报后,唐伯昶从包中取出两瓶五粮液,高兴地说:"弟兄们,喝酒去!"

所有在场的人高兴地一拥而上,没多久,两瓶酒就见了底。

5年中完成5颗星的研制与成功发射,这是一个奇迹,而李延东正是这奇迹的书写者之一。

特别是某型返回式卫星突破了原返回式卫星的设计约束,李延东大胆采用新的设计思想和热控方案,系统地解决了卫星平台所需的关键技术和一系列技术难题,得到了用户单位的高度评价。

李延东1967年出生在秀美的江苏无锡,两岁的时候来到兰州,在那里度过了他的整个童年和少年时光。

20世纪60年代初,李延东的父母毕业后支援"三线"建设来到甘肃兰州。

从小学时期,李延东就对军事充满了兴趣,三年级的时候他无意间发现同学手中有一本科普读物——《飞艇和飞机》,兴奋得迫不及待借来阅读。

这本小小的科普读物成为第一个开启李延东理想之

门的钥匙，小小年纪的他完全沉醉其中，读得如痴如醉，思维早已随着书中的描述遨游在航空知识的殿堂。

这是李延东第一次接触航空知识，了解世界航空发展的历程，也正是从这个时候起，他萌发了成为一名科学家的梦想。看到李延东这样痴迷于这本书，那位同学就把《飞艇和飞机》作为小学毕业礼物送给了李延东，而李延东也一直珍藏着这本书。

童年的李延东不但学习成绩优异，还有绘画的天赋。早在幼儿园时期，他就常常在泥土地上信手涂鸦，被细心的父母发现了天赋。于是在小学期间，父母鼓励李延东参加美术小组，跟随一名素养深厚的美术老师学习素描、国画、剪纸、版画等。他的绘画作品在学校美术比赛中多次获奖，其中一幅作品还被老师选送到省里参加比赛，获得了二等奖。

小学毕业之后，一向成绩优异的李延东顺利考取了当时甘肃省最好的中学——西北师大附中。在西北师大附中学习的6年时间里，李延东凭着聪明与勤奋，基本年年保持着考试前三名的优异成绩。

在课余时间，李延东仍然痴迷于军事与航空知识。他从初一开始一直坚持订阅《航空知识》《国际航空》《兵器知识》等课外读物。这对工薪阶层的父母来说，是一笔不小的投资。

于是聪明懂事的李延东发动兴趣相投的小伙伴一起合订杂志，这样不光节省了金钱，又聚拢了一帮志趣相投的小伙伴一起探讨科学话题。

李延东还和小伙伴们一起自己动手设计制作飞机、坦克、火箭模型，他们甚至为如何把飞机曲面制作得完美而冥思苦想、大费脑筋。

在李延东的成长过程中，父母一直是他的良师益友。直到高中时期，一直痴迷于军事的李延东才惊讶地发现，父母所在的工厂正是生产军品的地方。但是出于保密，父母从来也没有透漏给他任何与工作相关的信息，这让李延东更觉得父母所从事的事业是神圣的。

高中毕业之后，李延东毅然投考了父亲的母校与专业——北京工业学院电子工程系无线电专业。北京工业学院即后来的北京理工大学。

1986年，19岁的李延东第一次来到北京，走进了梦寐以求的大学校园。

作为北京理工大学课业最重要的系之一，无线电专业学习科目涉及面广，学习压力比较大，但是李延东勤学不辍，注意科学的学习方法，始终保持较好的学习成绩，并多次获得学习优秀奖学金。

除专业学习外，李延东不断开阔自己的视野，他开始读一些哲学、艺术方面的书籍，接触到新鲜的思想理念。他还继续着绘画练习，并热心地帮助系里制作宣传海报。另外他还迷上了吉他，经常和室友们在课余时间弹唱吉他。

4年的大学生活转瞬即逝，面对未来的选择，一面是改革开放号角吹响下科技创业的高薪诱惑，一面是科技汪洋中继续航行的青灯苦读。

经过激烈的思想斗争，李延东毅然选择忠于儿时的梦想，继续攻读硕士研究生。

正值硕士研究生考试之机，中国空间技术研究院招收研究生的宣传海报张贴在了北京理工大学的校园里，偶然经过的李延东一下子被吸引住了。

当李延东了解到中国空间技术研究院就是研制"东方红–1"号的地方，了解到研究院目前正在从事的事业与发展远景后，他多年的梦想之光被点燃了。儿时有关航空航天的一切幻想再次呈现在他的脑海里，他感到多年学习所积蓄的力量正在他体内蓄势待发，当梦想与现实的机遇相结合，投身中国航天的选择成为必然！

经过考试和推荐，李延东顺利被录取为中国空间技术研究院北京空间飞行器总体设计部空间飞行器设计专业研究生。

经过3年的专业学习和研究工作，1993年2月他顺利毕业，并获得硕士学位。同年被分配到中国空间技术研究院总体部从事卫星总体设计工作。

进入工作岗位初期，李延东主要从事总体电路工作，他工作认真，勤学好问。在1993年至1996年底，作为总体电路分系统配电器主管设计师，他先后参加了某型返回式卫星3发星的研制、测试、试验和发射工作，均很好地完成了本职任务。

在这期间，李延东不光把精力放在总体电路上，他还特别留意星上所有与电有关的系统，认真学习各种型号卫星的相关知识，做了一些计算机测控方面的工作。这些经历都帮助他提升了对卫星总体的把握能力，为他今后的发展打下了良好的基础。

1996年，中国空间技术研究院决定把新技术与成熟技术相结合，研制开发科学探测与技术试验系列小卫星。科学实验卫星正式立项，这是中国真正现代意义上的现代小卫星。

该项目由总体部牵头，李延东跟随自己研究生阶段的导师参加了该卫星空间科学实验和环境探测小卫星研制工作，担任星务管理分系统副主任设计师，参加了卫星全过程的研制、测试、试验、发射和在轨管理等工作。

星务管理是科学实验卫星所采用的最关键、最有特色的技术之一，是保证整星研制进度和飞行试验圆满成功的重要基础。

由于技术比较新，因此工作难度和工作量都很大，在进度紧、人手少的不利条件下，李延东在协助主任设计师抓好整个分系统研制工作的同时，具体负责星务系统测试床研制、系统联试、系统指标及接口验证、星地接口协调及测控回路对接试验组织、遥测数据处理方法制定、卫星入轨后长期运行管理等多项工作。

另外，李延东还负责总体电路分系统中两配电器的设计工作，他出色的工作成绩为科学实验卫星飞行的圆满成功作出了突出贡献。

为此，李延东在2000年荣立院级个人二等功。而且，他作为主要人员参与研制的星务管理和总体电路分系统，也分别获得2000年国防科技进步二等奖和三等奖。

在科学实验卫星尚未发射之时，1997年，李延东还接手了"海洋一号"海洋观测小卫星研制工作，兼任总体电路分系统主任设计师。

"海洋一号"卫星首次应用了国产DC/DC模块电源，该模块电源属于全新产品。

李延东与产品研制单位顶着各方面的压力，对电源的技术要求、产品规格、电路设计、EMC设计、可靠性设计等做了大量工作，并深入分析了同类国外产品的技术特点。

通过大量的各种试验，他们不断改进、完善设计，最终按照卫星研制进度的要求，交付了合格的产品。该模块电源的研制成功，不仅满足了"海洋一号"卫星的需要，而且针对目前复杂、被动、多变的星上进口元器件市场，为后续型号提供了一种可行的选择。

后来，该DC/DC模块电源已经成为五院小卫星的标准化产品，广泛用于各个型号之中。

除型号工作外，李延东还担任一些预研课题。1997年至2000年，他承担"九五"现代小卫星预研集成化星务管理技术研究的课题，负责组织完成了系统方案论证和设计、关键技术攻关和原理样机研制，并顺利通过了总装备部组织的验收。其中，CAN 总线应用技术等部分研究成果，作为 CAST968/2000 系列小卫星的星上网络标准，广泛应用于在研小卫星型号之中。

两个型号任务工作繁重，预研工作又十分紧张，这种情况下李延东顶住了压力。1999 年，科学实验卫星发射成功。2002 年，"海洋一号"卫星发射成功，在轨运行期间总体电路分系统所属各设备、模块均工作正常，各项功能、性能指标都满足了设计要求。

由于在"海洋一号"卫星研制工作中贡献突出，李延东于 2003 年荣立院级个人一等功，2005 年荣立国防科工委个人一等功。

从 2000 年 3 月至 2005 年 12 月，李延东又全程参加了两个型号新型返回式对地观测卫星的研制工作。这是一项挑战性极大的工作，要求在 5 年时间内研制发射 5 颗星，时间紧，难度大，任务重。

总设计师唐伯昶找李延东谈话说："这是锻炼人的好机会，干好了这 5 年绝不白干，你干不干？"李延东一拍胸脯大声地说："干！"

在这次型号研制中，李延东先后担任总体主任设计师、总设计师助理及副总设计师，协助总设计师组织工程实施，对型号技术工作进行全面组织和管理。

在型号研制、工作策划、总体方案论证和设计、研制技术流程制定、设计建造规范制定、关键技术攻关、技术状态控制、总体与各分系统技术协调、大系统间接口协调、电总体设计、研制过程控制、总体有关技术工作组织等方面，李延东发挥了重要作用。他还及时组织解决了大量具体技术问题，表现出了很强的总体设计与工程组织能力。

在时间紧迫，限制条件多等不利条件下，李延东组织总体和有关分系统进行了技术改进方案的论证和设计工作，及时正确进行技术决策，组织有关方面针对各关键技术环节进行了大量试验，主要包括大舱门组合件力学环境试验、窗口热门及控制器鉴定试验、第四次舱段热平衡照相试验、星表多层风洞试验等，全面充分地验证了改进措施的有效性和可行性。

由于分析深入，准备充分，各关键技术改进项目均实现了设计、生产和试验一次成功。

在技术改进过程中，李延东还有效解决了增加整流罩、低空抛罩气动防护、发射场地面调温等一系列工程难题，与相关大系统和协作单位积极协调、密切配合，获得了他们的有力支持，保证了工程的顺利实施。

根据卫星研制过程的特殊性，在技术改进关键项目验证工作完成后，李延东及时组织总体和各分系统对技术改进工作进行了总结，对正样星技术状态进行了全面梳理，重新确定了正样星的技术状态基线。

虽然此次技术改进工作涉及的技术状态更改项目很多，但由于基线定义明确，阶段标志清楚，清理及时全面，过程控制严格，在后续研制过程中未出现状态混乱和工作反复，使正样星能够在4个月的时间里顺利完成了整星总装、电测、力学试验、出厂改装、出厂测试等工作，卫星按计划进入了发射场。

2004年6月，某型返回型卫星01星出厂前进行补充测试，测试结果表明卫星的功能、性能指标完全正常。但是，为了确保卫星技术状态满足要求，测试结束后，李延东又组织测试人员对星上状态进行了全面检查。

在从脱插端对星上供电输入阻抗进行测量时，发现3组28伏供电输入阻抗有变化，从以前的7.9千欧变为7.2千欧。李延东不抱侥幸心理，没有放过这个疑点，他和同志们一查到底，经过层层排查，终于把问题定位在密封舱遥测仪。

然后，李延东他们将遥测仪从星上拆下后返回研制单位进行了开盖检查，发现二次电源模块的滤波器阻抗降低。于是他们又将该滤波器送到院可靠性中心进行了分析。后来确定该引进滤波器存在工艺缺陷，属于批次性问题，李延东组织型号队伍对此问题进行了彻底的处理和举一反三，消除了隐患。

功夫不负有心人。2005年8月29日，我国在同一天实现了回收一颗、发射一颗卫星的纪录。

2006年，该型号卫星获得国防科技进步二等奖。

多年的型号工作使李延东拥有不少荣誉和奖章，也磨炼了他处乱不惊的心态与过硬的专业技术。在个人发展的同时，李延东不忘锻炼团队。他积极指导年轻同志，把自己多年积累的经验教训无私地与年轻人分享，指导他们的工作学习与生活。在他的培养下，多名同志已经能够独当一面，成了业务骨干。

2006年1月，李延东从袁家军院长手中接过某新型号卫星的责任令，同月调到东方红卫星公司某项目办，开始组织该领域有关型号卫星的研制工作。

2月，李延东又被任命为项目经理，并担任卫星总设计师、总指挥。他组织总体和各分系统在前期分析论证的基础上进一步深化论证，确定了关键技术的实施途径，解决了一系列工程技术难点。

李延东和他所带领的团队一步一个脚印地展开工作，创造了一个又一个的辉煌！

欢迎太空乘客归来

2005年9月16日11时28分，我国第二十二颗返回式科学探测与技术试验卫星完成预定探测试验任务后，在西安卫星测控中心的精密控制下，安全着陆于四川中部某预定落点区域。

这颗卫星于8月29日在酒泉卫星发射中心发射升空，卫星在运行期间，星上仪器工作正常，圆满完成了科学研究、国土普查、地图测绘等多项科学试验任务。

这次由太空安全返回的还有由12条蚕组成的"太空旅行团"，它们也随着我国的第二十二颗返回式卫星在太空中逗留了18天。随着卫星的成功返回，这些"太空乘客"也要公开露面了。

这些"太空蚕"属于北京市景山学校，本来是要在美国"哥伦比亚号"航天飞机上进行实验的。

1997年，美国航宇局为了培养孩子的创造性，鼓励学生参与太空探索，在定期发射的航天飞机中，部分舱位向教育领域免费开放，供学生搭载太空科学实验。

为此，美国宇航局向全世界青少年征集太空实验方案，并许诺将让获选的实验搭载于2001年发射的美国"哥伦比亚号"航天飞机上。

当时北京景山学校五年级学生李桃桃从学校的广播

里听到这个消息，提出"蚕在太空吐丝结茧"实验方案，想研究"蚕在太空中的生命周期"。

李桃桃的这个方案经过中国专家组的评审，又经过美国专家的筛选，最终从全世界几千份方案中脱颖而出。

"蚕在太空吐丝结茧"实验主要包括6项内容，其目的是研究蚕卵、蚕幼虫和成虫等在太空失重环境下所发生的一系列生理循环现象。

2003年1月，"蚕在太空吐丝结茧"实验项目搭载着美国"哥伦比亚号"航天飞机进入太空。然而，不幸的是，2003年2月1日"哥伦比亚号"于返回地面前的几十分钟突然爆炸，连同航天飞机上的7名宇航员，所有的实验装置全部都化为灰烬。"蚕宝宝"实验也因此而流产。

北京景山学校和参与实验的学生们，都希望美国航天飞机未完成的实验能在中国自己的航天器上完成。

2003年7月，中国航天科技集团公司总经理张庆伟得知此事后，立即表示一定支持景山学校学生的太空梦想。他说：

> 用中国人自己生产的卫星把孩子们的实验完成，实现他们空间科学探索的美好愿望。

2004年上半年，来自航天科技集团的老科技工作者与景山学校一起计划"青少年太空蚕实验"，本次实验将免费搭载 2005 年 8 月发射的"第二十二颗返回式科学与技术试验卫星"进入太空。

2004 年 11 月以后,景山学校得到中国空间技术研究院、中国农业科学院镇江蚕研所的大力支持,之后就搭载舱的设计、实验中蚕的饲养等问题进行了反复论证。

张庆伟总经理还写信鼓励学生们积极投身科技活动,并热情邀请学校的老师和同学亲临发射现场观看卫星发射。

实验项目课题组成员陈思邈忘不了方案被批准后的那段经历和激动的心情:

> 这次实验让我们亲身体验了什么是科学研究,让我们认识到了科学技术对于人类社会进步的重要作用,更让我们学到了作为一名科学工作者应有的严谨作风。

北京时间 2005 年 8 月 29 日 16 时 45 分,在中国酒泉卫星发射中心,这些"太空蚕"搭乘我国"第二十二颗返回式科学与技术试验卫星"成功进入太空。

第二十二颗返回式科学与技术试验卫星总设计师唐伯昶在谈到这次返回式卫星所要完成的任务时说:

> 完成主要任务的同时,卫星还有搭载其他实验的能力。但是实现搭载青少年的实验在我

国还属首次。

发射的当天，北京景山学校的6名参与这次实验的学生代表赴酒泉卫星发射中心，见证了搭载在该卫星里的"蚕宝宝"成功进入太空。

北京时间9月16日11时28分，卫星在圆满完成预定科学试验任务后，成功地在四川省中部预定区域安全返回。

9月18日下午，在中国航天城中国空间技术研究院，举行了"青少年学生太空舱"交接仪式。乘坐我国发射的第二十二颗返回式卫星"旅行"宇宙18天的"太空蚕旅行团"及其"旅行舱"，青少年太空生物舱，由航天部门交给了"太空蚕"课题组所在的北京景山学校。

打开卫星返回舱后，景山学校参与这个实验的两位同学郑元超和曹佳云从唐伯昶手中接过装有蚕宝宝的"太空家"时，就像见到"久别重逢"的朋友，情不自禁地同时把小脸紧紧贴了上去。

曹佳云带着开心的笑容说：

> 在18天前我们亲自送走这些蚕宝宝，今天它们终于安全回到地球，我们真的太激动了。

这个标注着"青少年太空生物舱"的直径20厘米、高18厘米的银灰色铝质容器就是蚕宝宝居住了18天的

"太空家"。别看它其貌不扬，可这个"家"里面什么都有，比如供蚕宝宝呼吸的氧气系统、生活的食料等等。除了这些，还有安在不同位置的两架微型摄像头，随时记录它们的一举一动。

舱内温度湿度恒定。为方便实验，密封舱被分成了4个"小房间"。里面的12条"太空蚕"原籍江苏镇江蚕研究所，在经过对品种、年龄等严格挑选后组成了这个"太空旅行团"，其中包括两公两母的4条即将吐丝的熟蚕和8只蚕茧，另外还有大量蚕卵。在18天太空旅行中，全靠"青少年太空生物舱"为其提供通风、照明、摄像和温控系统。

曹佳云说：

这些小宝宝在太空经历了不平凡的日子，最终能安然无恙地回来，一定会给我们带来许多珍贵的实验数据。

卫星总师唐伯昶说：

此次搭载蚕宝宝的成功，进一步说明我国返回式卫星设计先进、平台可靠，具有很高的微重力水平，可以承担更多的搭载实验项目。

同学们如果能从小就参与同卫星、飞船有关的科学实验，对于中国航天科技的发展具有

开创性的意义。这是中国科学进步的体现。

学生实验的负责人之一、景山学校的姜志老师说，在过去的18天太空旅行中，蚕宝宝进食、运动、产卵等等生活情况都被青少年太空生物舱中的摄像机仔细记录着。

在"太空蚕"返回地面一星期后，经过氧气检测，"太空蚕"将走出这个"太空家"，接受DNA等方面的测试，与留在地面的一组蚕宝宝进行对比研究，分析在失重等太空环境下，蚕宝宝将会发生什么变化。

姜志老师说：

> 这个实验不仅对于更好地开发蚕资源具有重要意义，而且对于启迪青少年的科学思维、追求真理的精神具有重要作用。

景山学校和研究人员将进一步对蚕宝宝在太空中具体生活的一些细节数据进行分析，观察太空旅行对蚕卵的影响。

本书主要参考资料

《天路迢迢》李鸣生著 中共中央党校出版社
《天街明灯》中国空间技术研究院主编 中国宇航出版社
《当代中国的航天事业》张钧主编 中国宇航出版社
《天穹神箭》中国运载火箭技术研究院主编 中国宇航出版社
《中国航天决策内幕》巩小华著 中国文史出版社
《太空追踪》李培才著 中共中央党校出版社
《放牧卫星的莆田人》晓海编《湄洲日报》
《大理俊杰王希季开拓天疆》周燕 林城编《云南日报》
《七月戈壁战骄阳》张国栋编《中国航天报》
《建设和谐发射队伍》张国栋编《中国航天报》
《勇攀航天遥感技术新高峰》纪明兰编《光明日报》
《向项目管理要效益》张国栋编《中国航天报》
《中国返回式卫星应用与发展纪实》刘程 傅明毅编
　　《中国军事》
《孙家栋与中国探月工程》王建蒙著《中国教师报》
《神舟前传》梁东元编《南方周末》
《记让我国航天相机达国际先进水平的首席专家》阮
　　宁娟编《中国航天报》
《返回式卫星技术和宇航技术专家王希季》曹青编
　　《中国航天报》
《现场目击回收我国第 22 颗返回式卫星》默言编
　　《长安街时报》